MW01125477

ESPERANDO LA MUERTE

Y OTROS RELATOS

RAMIRO PADILLA ATONDO

PRÓLOGO

La Muerte estaba ahí, blanca, en la silla, con su rostro, sentada en la primera página y en cada párrafo de los relatos del Ensenadense Ramiro Padilla Atondo. Acaso las palabras que pedí prestadas a José Revueltas del "Luto Humano" sean la carta de presentación necesaria para encarnar la esencia de "Esperando la Muerte y otros relatos". Ramiro Padilla traza su mortuoria cartografía literaria desde la primera frase: "He determinado que mi existencia se acerca de manera inexorable a su fin y a diferencia de otros, he decidido esperarla en forma lenta y jubilosa". La tanatología literaria de Padilla deja por sentada su declaración de principios. Aquí no resta más que esperar a que la Niña Blanca se meta una noche en la cama. Cuando la Muerte se transforma en primer actor del gran teatro familiar, es ella quien escribe y condiciona los diálogos del libreto. Los relatos del ensenadense parecen abrevar de una tradición tanatológica creadora de seres que, en su espera de la Muerte, acabaron por ser inmortales como el Ivan Ilich de Tolstoi. Inevitable pensar que estos relatos amamantan néctar mortuorio de una Addie Bundren agonizante, mientras su hijo se concentra en la tarea de serruchar la madera con la que fabrica su ataúd. Pero basta ya de odiosas comparaciones. Sí, apuesto doble contra sencillo a que Padilla leyó a Faulkner, pero la verdadera influencia de este libro, la semilla que dio origen a estos relatos, no es *As I Lay Dying*, sino las conversaciones de familia y la vivencia personal del autor. Hay una fuerte dosis de intimidad en esta narrativa y los libros íntimos fungen, casi siempre, como libros exorcismo. El origen de este libro, dice Padilla, es una conversación con su padre en una noche de invierno. Hay relatos-demonio cuyo único exorcismo posible es transformar la obsesión en tinta. De no hacerlo, los demonios se quedarán a vivir dentro de nosotros. Imagino a Ramiro, poseso de sus espectros, consumando el exorcismo mientras escribe desesperado en la vieja computadora de su hija ante la mirada atónita de sus familiares. Hay historias que no pueden esperar a mañana. Un hombre se ha sentado a esperar la Muerte en una silla de ruedas que no necesita. El hombre puede caminar, pero ha decidido voluntariamente transformarse en inválido y la única función de su existencia, es esperar sentado a que acabe, compartiendo con su mujer noches de lúgubre alcoholismo. El hombre en la silla de ruedas aguarda, pero toda familia, diría Hellinger, es un sistema y la narrativa de Padilla salta entre las miradas del complicado engranaje sistémico de quienes contemplan a ese hombre destruirse en silencio. Lo que inicia como una partida ajedrecística entre hermano mayor y menor, se desdobla en las miradas contrastantes de la cuñada, la hija y el sobrino, seres cuyo nombre es el rol que desempeñan en el gran sistema familiar cuya constelación es la agonía del hombre de la silla de ruedas. De hecho, un rasgo característico en la narrativa de Padilla Atondo es la ausencia de nombres propios. Aquí, salvo por el malandro Rigoberto de "El Descanso", no hay una María o un Pedro, sino el Abuelo, la Madre, el Hermano Mayor. Los personajes de los cuatro relatos de Padilla existen en la medida que juegan un rol en la familia, como si fuesen todos integrantes de un mismo cuerpo en descomposición. Cada cierto tiempo irrumpe el nombre de Dios o Jesucristo, como si fuese el único ser nombrable en la gran constelación familiar. Los demás son, si acaso, X y Z, como sucede en el inquietante relato "De cómo mis hermanos se convirtieron en fantasmas" donde el narrador se refiere al progresivo "espectrismo" que afecta a dos de sus hermanos nombrados con letras, cuyo camino de vida se va torciendo por detalles en apariencia intrascendentes. Bajo la misma atmósfera de tanatología familiar, "Un funeral" bucea profundo en el drama del ser querido muerto en manos del crimen, una escena de terrible y escalofriante actualidad en el México de hoy. ¿Cuántas familias estarían viviendo esa pesadilla en el momento que Padilla escribió su cuento? No es lo mismo perder un familiar víctima de una enfermedad terminal, que saberlo torturado por sus secuestradores. Impotencia, odio, sed de venganza cual demonio omnipresente, danzan sobre el ataúd donde yace el cuerpo lacerado. El cuento final, "El Descanso", es la historia del camino de podredumbre que casi cual libreto sigue ese vecino malandro que hay en toda colonia. Es tal vez hasta esta última historia donde se puede leer una dosis de lenguaje callejero fronterizo, aunque sin caer jamás en el exceso. De hecho el lenguaje de Padilla es de una sobriedad casi neutra y su estructura narrativa no apuesta por demasiadas complejidades. Lo suyo es contar una historia y contarla bien con elementos que por momentos parecen de una extrema sencillez. Si bien Ensenada está presente y es mencionada, el entorno no condiciona a los personajes. Dado que es una historia de profundidades ontológicas y no una historia de calles o tribus sociales, los personajes podrían ser encuadrados en cualquier sitio y acaso en cualquier época. En ese sentido, Padilla hace pedazos los clichés que los críticos marca "Tenochtitlán" han enjaretado a la narrativa norteña o fronteriza. De hecho, hormonalmente Padilla parece ser más un pariente de los narradores rusos del Siglo XIX, que de los creadores fronterizos, tan obsesionados con el spanglish y la vida nocturna. "Esperando la Muerte y otros relatos" es posiblemente el primer tratado narrativo de tanatología escrito en Baja California, un ejemplar bastante atípico de literatura "constelar" en el sentido hellingeriano de la palabra. Acaso este libro sea un conjuro exorcista o tal vez desempeñe el rol del cigarro que fumamos afuera de una funeraria en una noche fría, sin reparar en que fumando esperamos nuestra propia Muerte mientras se consume la última brizna de ceniza.

Daniel Salinas Basave

"Se abandona la vida y un sentimiento indefinible de resignación ansiosa impulsa a mirar todo con ojos detenidos y fervientes, y cobran, las cosas, su humanidad y un calor de pasos, de huellas habitadas. No está solo el mundo, sino que lo ocupa el hombre. Tiene sentido su extensión y cuando la cubren las estrellas, los animales, el árbol."

José Revueltas

Porque en el lento instante del quebranto,
cuando los seres todos se repliegan hacia el sopor primero
y en la pira arrogante de la forma
se abrasan, consumidos por su muerte
-¡ay, ojos, dedos, labios,
etéreas llamas del atroz incendio!-
el hombre ahoga con sus manos mismas,
en un negro sabor de tierra amarga,
los himnos claros y los roncos trenos
con que cantaba la belleza,
entre tambores de gangoso idioma
y esbeltos címbalos que dan al aire
sus golondrinas de latón agudo;
ay, los trenos e himnos que loaban
la rosa marinera
que consuma el periplo del jardín
con sus velas henchidas de fragancia;
y el malsano crepúsculo de herrumbre,
amapola del aire lacerado
que se pincha en las púas de un gorjeo;
y la febril estrella, lis de calosfrío,
punto sobre las íes
de la tiniebla;
y el rojo cáliz del pezón macizo,
sola flor de granado
en la cima angustiosa del deseo,
y la mandrágora del sueño amigo
que crece en los escombros cotidianos
-ay, todo el esplendor de la belleza
y el bello amor que la concierta toda
en un orbe de imanes arrobados.

José Gorostiza

Índice

I

ESPERANDO LA MUERTE

I

El hermano mayor:
No puedo negar que es una sensación de sobra conocida. He determinado que mi existencia se acerca de manera inexorable a su fin, y a diferencia de otros, he decidido esperarla en forma lenta y jubilosa.

He dispuesto lo necesario e incluso mi esposa está de acuerdo con mi decisión.

Algunos dirían que es una especie de masoquismo, pero no creo que esa sea mi situación. Más bien, diría que después de vivir una vida llena de prolijidades, la dulce espera de una muerte redentora sería la justa culminación a una existencia como la mía. ¡Y tanto que odiaba a las personas que se victimizaban frente a la vida y esperaban consuelo en los demás!

Ahora incluso me paseo en una silla de ruedas sin necesidad de ella. Le digo a mi esposa que me la preste e inclusive paso por un espejo para admirar mi figura encorvada. He allí un hombre que en el pasado fue el más gallardo de su comunidad y que ahora determina que la vida no es más que un continuo sufrimiento que ya no vale la pena soportar.

Las cortinas de mi casa se cerraron al mundo hace tiempo. Inclusive las visitas esporádicas de mi único hermano me molestan. Intenta traerme un mensaje de esperanza que yo no le pedí. Le doy vueltas al asunto pero ahora que me descubrió paseándome, se mostró consternado. Yo fingí que me ofendía, cuando lo que en realidad quería era sólo que me dejara en paz. Sacudió la cabeza en repetidas ocasiones. Luego se retiró así nomás. No dijo ni siquiera adiós, lo cual es una cosa extraña en un individuo de su condición, que se precia de haber estudiado en los mejores colegios.

Respiré profundo y me levanté de la silla de ruedas para cerrar la puerta con candado. Luego me dirigí con paso cansino al viejo radio que compré cuando recién me casé. Puse la estación donde tocan canciones de tríos y me senté de nuevo en la silla de ruedas.

II

El hermano menor:
—Ayer fui a visitar a mi hermano.
—¿Y qué te dijo?
—Nada. Nada más se anda paseando en una silla de ruedas que ni es de él.
—¿En serio?
—Sí.
—¿Y de quién es?
—De mi cuñada.
—Mira nada más, ¿y no le dijiste nada?
—Lo intenté pero se hizo el ofendido y no quise discutir.
—¿Y la esposa?
—Dormida. Le ha dado por tomar. En algunas

ocasiones deciden no dormir en toda la noche. Toman y toman. Luego se duermen todo el día y vuelven a tomar toda la noche.

—¿Pero no se supone que está esperando la muerte?

—Él sí, mi cuñada no. Dice que es una nueva idea que se le metió en la cabeza. Que va a esperar a que la muerte le llegue, pero que es importante que llegue a su casa mientras él la espera, con la puerta cerrada con llave y las cortinas cubriendo las ventanas.

—¿Y qué piensas hacer?

—De momento nada. Sólo espero que se le pase la locura y vuelva en sí. Si él llega a morir, su mujer queda desamparada.

—¿No tienen hijos?

—Sí; pero no viven en la ciudad. De hecho la hija mayor vino a visitarlos un tiempo pero se marchó después de tres meses.

No pudo sacarle la idea de la cabeza. Mi hermano se encargó de demostrarle, día tras día, hora tras hora, que su presencia en esa casa no era bien vista.

Incluso acudió a mí llorando y me suplicó que hablara con él para que recapacitara, pero le expliqué el asunto del fatalismo en la familia, que inclusive estaba grabado en el escudo.

—¿En el escudo?

—Sí

—¿Cuál escudo?

—Cuál más, el de la familia. Hace mucho tiempo uno de mis profesores de Filosofía me dijo que las lunas invertidas representaban negatividad y fatalismo.

Quizá mi error fue decírselo a él, porque lo tomó al pie de la letra.

III

El hermano mayor:
Anoche me habló mi hija. Dice que está decidida a llevarme con un psicólogo. Le dije que al psicólogo lo necesitaba ella.

Empezó a llorar otra vez. No sé qué es lo que le pasa. No entiende que los viejos tenemos derecho a tomar nuestras propias decisiones. Le expliqué que el modo en el que nacemos es algo ajeno a nuestro control, pero el modo en el que hemos de morir, en algunas ocasiones nosotros lo podemos escoger.

Lloró otra vez.

Colgué el teléfono porque me cansé de tanto lloriqueo. Luego me subí a la silla de ruedas y me dirigí a la habitación de mi mujer. Decidí hacerle una apología del lugar que la muerte ocupa en nuestras vidas y también le expliqué el porqué todos tenemos el derecho a escoger cómo vamos a morir.

Como siempre, mi mujer me miró como a alguien que acaba de aterrizar en la tierra.

Me pidió otro trago de licor. Se lo acerqué y le acaricié el cabello. Luego recordé como ese cabello solía ser uno de los más bellos que hubiera visto en mi completa existencia.

Es más, incluso pienso que fue gracias a su cabello que me enamoré de ella. Reviví aquel día cuando salió corriendo con prisa de la tienda y cómo su cabello ondeaba victorioso y estallaba en reflejos multicolores al exponerse al sol. Pensé que una mujer que cuida tanto su cabello era una mujer meticulosa que valía la pena seguir. Y lo hice. Lo demás es historia. Quizá la muerte de nuestro hijo hace poco la terminó de trastornar. Ahora lo llama a todas horas y platica con él. Me dice que en realidad no murió. Que se convirtió en el ángel que nos cuida. Y que espera a que pronto nos reunamos con él.

O al menos es lo que me dice a mí.

Yo finjo que la entiendo, pero reconozco que desde hace algún tiempo su capacidad de raciocinio se marchó lejos para no volver. Mejor la mantengo contenta con alcohol. Al menos así ve a nuestro hijo todos los días.

IV

—¿Adónde vas?
—A ver a mi hermano.
—¿Para qué?
—Porque es mi hermano.
—Sí. Eso lo sé. Pero, ¿qué objeto tiene que lo vayas a ver si no te hace caso?
—Aunque no me haga caso lo tengo que ir a ver.
—Bueno. Sólo te pido un favor.
—Dime.
—No vuelvas renegando, que ya me estoy cansando de tu familia y sus locuras.

V

El hermano mayor:
Allí viene mi hermano. Lo sé porque su carro tiene un sonido característico. No es el sonido del motor, es

un ruido que significa que le falta un engrase. Extraño en él, tan meticuloso que es. Es tan serio que cuesta trabajo sacarle una sonrisa y cree que el atender a su decrépito hermano mayor es mandato divino. No sé porqué mi madre le metió en la cabeza esas cosas. De pequeño era formal para todo, hasta para los pleitos. Si tenía que pelear, iba y comunicaba de manera ceremoniosa a su rival que tenían un asunto pendiente que sólo se podía solucionar con los puños. Esto me viene a la memoria por un incidente ocurrido cuando él era casi un niño, justo cuando teníamos pocos años de haber llegado a este lugar.

En aquel entonces este puerto era un pueblucho donde todos se conocían. Nosotros vivíamos en la calle principal justo a un lado de un arroyo que desembocaba al mar, donde uno podía pelear muy a gusto en su lecho. La arena era blanca y límpida, muy práctica a la hora de ocultar sangre.

El más famoso fue el pleito con el carretonero. Dicen los entendidos que mi hermano le rehuyó buen tiempo hasta que no le quedó más remedio que enfrentarlo. No era para menos. El carretonero era un par de años más grande y aparte se la pasaba cargando costales. Mi hermano rondaría los doce años y era flaco y desgarbado.

Si soy sincero, yo hubiera apostado por el carretonero con los ojos cerrados. No imaginaba que mi hermano tuviese tantos de esos como para darle la paliza de su vida. En esos asuntos de los pleitos, la voz se corre con rapidez. Yo ya trabajaba en un hotel, y me enteré justo cuando pasaba por allí. No tenía ni la más remota idea de la clase de gallito que era mi hermano, por lo que decidí darme una vuelta por el arroyo y de paso, evitaría que mi madre se enterara. Si el carretonero le pegaba a mi hermano, al menos estaría yo allí para evitar que lo medio matara.

Cuando bajé por entre las piedras, mi hermano se quitaba la camisa que recién le compró mi madre en abonos. Yo esperaba verlo temblando de miedo pero lo noté muy relajado. Había ya como una veintena de curiosos esperando que el carretonero bajara. Todos pensaban lo mismo que yo. Imaginaban que mi hermano no tenía ninguna oportunidad y querían ver sangre. Era verano y el sol estaba ya por ocultarse cuando el mentado rival de mi hermano bajó riendo y fumándose un cigarro *Alas azules*. Él ya venía sin camisa y con los pantalones arremangados. Traía unos huaraches de cuero de llanta y olía mucho a sudor. Caminó directo hasta mi hermano con ganas de acabar pronto, sin imaginar que antes de empezar le enlistaría los motivos por los cuáles le iba a romper el hocico.

Yo pienso que el carretonero se olió que algo andaba mal porque esperaba ver a mi hermano muerto de miedo y lo que se encontró fue a un tipo que le dio un sermón antes de ponerlo como santo Cristo.

Yo me acerqué más por curiosidad que por otra cosa, mientras los mirones gritaban provocaciones para que empezaran de una vez.

Mi hermano me miró con fastidio, como si lo hubiese descubierto in fraganti, pero no dijo nada. Sólo se encogió de hombros y se puso en guardia. El carretonero le tiró la colilla del cigarro a los pies como para distraerlo pero mi hermano *no se la tragó*. Allí me di cuenta de que todos habíamos sobreestimado las virtudes del carretonero, porque si bien, su masa muscular era bastante prominente, ésta era inversamente proporcional a su inteligencia para pelear. Se abalanzó pensando en abrazarlo para después golpearlo en el piso, pero mi hermano lo esquivó y le sorrajó tremendo puñetazo en un ojo que hasta a mí me dolió.

(Me voy a subir a la silla de ruedas para abrirle la puerta a mi hermano).
—Pasa.
—¿Cómo estás?
—Bien.
—¿De qué te ríes?
—De una vieja historia.
—Bueno. ¿Se puede saber?
—No.
(No sé que se traerá entre manos. Nunca lo veo sonreír así y menos por una vieja historia, como él dice).
—¿Dónde está mi cuñada?
—Durmiendo la mona.
—¿Sigue tomando?
—Rigurosamente todos los días.
(Ahorita lo hago enojar para que se largue).
—Te traje un panecito dulce para que lo acompañes con café.
—Pues *ora* sí que no se va a poder.
—¿Por qué?
—Pues porque no tengo café.
—Faltaba más. Ya vuelvo.
—Ándale pues *(ojalá no vuelvas).*
El carretonero gimió mientras se tocaba el ojo que inflamado se le cerraba con gran rapidez. No tuvo oportunidad de reaccionar porque mi hermano le atizó otro que le quebró la nariz. El golpe fue tan seco que el sonido del huesito lo sentimos todos los presentes. A mí me dio hasta escalofrío. El pobre carretonero no se iba porque estaba aturdido y sorprendido. Mi hermano lo siguió golpeando hasta que tuve que intervenir. El pobre morenito lloraba de rabia y frustración, o más bien de humillación. Cuando le puse la mano en el pecho a mi hermano, éste sólo me miró

muy serio y se encogió de hombros. Recogió su camisa y me dijo que iba a la tienda por unos cigarros para mi madre, que por cierto fumaba de los mismos que el pobre carretonero.

VI

El hermano menor:

Me sorprende que no me haya corrido a la primera. Eso del café es un pretexto, aunque sabe que me voy a devolver y me voy a quedar un rato. Se me hace muy raro que se estuviera riendo cuando llegué.

Después de todo, y a como nos enseñó mi madre, le debo respeto. Ni modo. Fue la cruz que me tocó cargar y así será. Lo único que me molesta es su afán de montarse en esa silla de ruedas que no necesita. Según el doctor, lo que él tiene se debe al exceso de carnes rojas. Las rodillas no están nuevas pero le sirven para caminar. No sé porqué le ha dado por la silla de ruedas. Cuando tenía veinte años no había tipo más vanidoso que él en Ensenada.

Dicen que las mujeres iban a verlo a través del cristal en el hotel, mientras trabajaba de mesero muy de *tacuche*. Que hasta las gabachas se morían por él. Era bronceado y de ojos azules, alto, delgado y sonriente. ¡Qué cosas tiene la vida! Si lo vieran ahora, gordo y acabado, ni la sombra de lo que fue. Se infartarían.

—¡Te traje el café!

—¡Está abierto! ¡Pásate!

—No. No, te levantes. Sé dónde está la cafetera.

—Ahora eres tú el que viene muy sonriente.

—Me acordé de algo.

—¿De qué?

—De cuando vivíamos en la primera.

—Precisamente de eso me acordaba yo.

—¿Ah, sí? ¿Y como de qué te acordabas?

—Del carretonero

—¿Todavía te acuerdas?

—Como si hubiera sido ayer.

(Sabe que me molesta que me hable del carretonero, ahora ya de viejo me da mucha vergüenza, pero como lo tengo que aguantar y distraer, pues le voy a seguir la corriente).

—La duda que siempre me quedó, y no quiero morir sin aclararla, aunque ya sabes que me falta poco (*pues nunca tocamos ese tema hasta ahora*). ¿Por qué fue el pleito?

(Suspiré un poco y decidí contárselo)

—Por unas canicas.

—¡Canicas, tú! ¡A los doce años!

—Pues sí. Siempre nos las quitaba. Los otros chamacos ya estaban cansados y yo era el más grandecito. No me quería pelear pero los de la *llantera* fueron y le dijeron que lo esperaba en el arroyo.

—¿Los hijos de Margarito?

—Esos mismos. Amarraron navajas y no me quedó más remedio que entrarle.

VII

—Pásate, hija.

—Hola tía, ¿mi tío?

—Fue a visitar a tu papá.

—¡Qué bueno! ¡Ojalá le quite la idea ésa que tiene de morirse pronto!

—Bueno, ya sabes que los hombres de esta familia son tercos por naturaleza, y tu tío en ese asunto de la terquedad se lleva a tu padre.

—Si es así estamos salvados. Ni el hermano de mi mamá que es pastor lo pudo hacer entrar en razón. Con decirle que me hizo llorar hace unas semanas.

—¡Válgame Dios!

—Desde que se murió mi hermano, decidió que su vida ya no tenía utilidad. Lo malo es que mi mamá no se quiere quedar con ninguna de nosotras.

—Ven, siéntate. Con todas estas malas noticias ni siquiera te invité a sentar. Ahora sí, platícame bien.

VIII

El hermano mayor:

—Naciste muy tarde, *Prieto*. Yo ya entendía razones cuando llegaste. Lo que me sorprende es que de ser mi hermano menor pasaste a ser mi padre. Es más, ahora que estoy a unos días de morir has decidido que mi vida se tiene que prolongar. Tú tienes hijos jóvenes y muchas cosas por hacer, yo no. Ya cumplí con darle sepultura a mi hijo.

—Vuelve la burra al trigo. Qué afán el tuyo de querer morirte.

—¿Ves? No entiendes nada. Te acabo de decir que naciste tarde, porque si tuvieses mi edad ya estuvieras arreglando lo de la funeraria.

—De que entiendo, entiendo. Pero eso no significa que esté de acuerdo.

—Bueno, volvamos al tema de las canicas.

—Creo que ya te dije todo.

—No me dijiste lo que yo quería escuchar. De la mamá del carretonero, me acuerdo allá a lo lejos, ¿te acuerdas de todo lo que le reclamaba a mi mamá?

(Le pregunto aunque me sé la historia de memoria. Nunca le dije que me sentía orgulloso de él. Es más, hasta este momento no puedo evitarlo. La pobre mamá del carretonero fue a darle la queja a mi madre diciéndole que el pobre muchacho necesitó puntadas por dentro de la boca y que le acomodaran el hueso de la nariz, y que aparte duró dos días con calentura. Mi madre no se imaginaba nada y al principio dudó que el Prieto fuera capaz de tantas averías. Ella me dijo después que le dio algo de dinero a la mujer y al pobre muchacho no se le volvió a ver por esos rumbos. Esa misma noche lo llamó y lo paró frente a ella para interrogarlo. Me dijo que prendió un cigarro y cruzó la pierna en el sillón reclinable que tanto le gustaba).

—Me vas a decir porqué le pegaste a ese muchacho, tanto, que hasta le dio calentura.

—Porque me quitaba las canicas.

—¿No crees que ya estás muy grande para jugar a la canicas?

Dice mi madre que se quedó callado y muy serio mirando el piso, mientras ella se aguantaba la risa. Ella ya sabía de las andanzas del carretonero pero había decidido no intervenir. La paliza que le dio mi hermano la llenaba de orgullo también pero no se lo podía decir abiertamente.

—¿Me va a castigar?

—Ya veremos. Vete a dormir.

(¡Y claro que nunca lo castigó! Mi pobre hermano nunca se enteró que mi madre jamás lo hubiera castigado por defender una causa justa).

—Yo no supe qué le dijo a mi mamá -contestó mi hermano.

IX

—No entiendo porqué mi papá y mi tío siempre han tenido una relación tan distante.
—Deberías de empezar por ver la diferencia de edades. Tu tío y tú se llevan pocos años, ahora imagínate a tu tío siendo un niño con sus hermanos mayores ya casados.
—Sí, eso lo sé. Mi tío siempre fue muy formal. Nunca jugó con nosotros, es más, se enojaba si le hablábamos de tú. En ese aspecto era mucho más formal que mi abuelo.
—Bueno, tu abuelo nunca las tuvo todas consigo. Estaba obsesionado con el billar y aparte era malísimo en ese juego, según cuentan las malas lenguas. Tu tío se convirtió en el hombre de la casa cuando tu papá y tu otro tío se casaron. Imagino que ésa es una de las razones. La familia de tu abuelo era de alcurnia y decían que era una ofensa trabajar con las manos. Para su desgracia, la Guerra de los Cristeros los empujó para acá, para el Norte, lo que no significaba que lejos de sus posesiones tuvieran que trabajar. Tu abuela sacó adelante a la familia y tu tío de allí sacó el ejemplo.
—Cosa curiosa, ¿no? A pesar de todo, mi abuela siempre estaba de buen humor.
—Bueno, la familia de tu abuela era de lucha. Era una extraña combinación ésa. Tu papá y tu tío el mayor eran muy parecidos en carácter a tu abuelo, extrovertidos e incapaces de ahorrar algo.
Tu padre empezó a hacer dinero y a darse lujos que tu tío reprobaba. ¿Recuerdas que tu casa estaba en permanente ampliación? Tu misma abuela le decía que ya no le pusiera más holanes a la falda. Que se hiciera

de más propiedades. Y tu padre construía y construía, tanto que llegó a convertir tu casa en un palacete. Mis hijos recuerdan ahora maravillados las puertas de madera y las escaleras que daban al segundo piso, como si fueran de película. Yo recuerdo la barra que se mandó construir, donde te servían cualquier clase de licor.

X

El hermano menor:
"Somos el fruto de la cobardía de mi abuelo", -dijo el mayor de mis hijos-. Curiosos caminos tiene la vida. Si se queda a pelear contra el gobierno no estuviéramos platicando usted y yo. Me dolió que me lo dijera pero no me quedó más que aceptarlo. Prefirió dejar perder las propiedades allá en Jalisco que arriesgar la vida. Lo malo es que un hombre como él, acostumbrado a vivir sin trabajar, llegara a Estados Unidos para trabajar en el campo, como que no entraba dentro de su sistema de creencias.

Dice mi madre que no aguantó ni los seis meses. Prefirió aceptar un puesto en el correo en un pueblo de mala muerte, que se convirtió por azares del destino en nuestro hogar. Claro, el asunto de la relación entre ellos se lo saqué de a poco, en fragmentos. Por su misma educación le estaba prohibido criticar a su esposo. Así se casó con él, así sería hasta que la muerte los separara. Yo no entendía, y menos en esos años, que mi madre se levantara religiosamente todos los días a vender sus colchas en abonos y que a nosotros se nos tratara con el despectivo apodo de *los hijos de la fayuquera*. Tú te casaste rápido y te fuiste de la casa. Yo me quedé solo, y después me pusieron bajo el cuidado de la señora que vigilaba que no ensuciara la ropa, para no tener que lavar. Quería ayudar a mi madre. Me dolía que trabajara tanto, mientras mi padre según se iba al otro lado a buscar trabajo. Siempre volvía con pretextos y se quedaba largas temporadas sin hacer nada. Dormía hasta tarde y luego se iba al billar. Sabía que mi madre pagaría los gastos de la casa y construiría los departamentos que le servirían para tener una vejez sin *estrecheces*.

En cuanto tuve edad, me salí a bolear zapatos para llegar con algo de dinero a la casa. Mi madre sólo me acariciaba la cabeza cuando le daba el peso y sonreía intentando que no se le salieran las lágrimas.

Yo me aguantaba para no gritarle a mi papá, y juré que cuando tuviera mi familia, no importaba cómo, jamás dejaría que mi mujer trabajara.

—Sí, *Prieto*. Siempre fuiste muy responsable. Mi señora decía que eras faldero. Cuando te casaste, no dejabas de pasar todos los días para ver qué se le ofrecía.

—Si ella viviera te mataba a garrotazos, como cuando decidiste irte de la casa. ¿Te acuerdas?

—Sí.

—Tenías como quince años, ¿no?

—Ni me recuerdes. Aún siento los fregadazos.

XI

—Llamaron del hospital

—¿Del hospital? ¿Quién?

—Tu sobrina

—¿Pasó algo?

—No sé. Parece que tu hermano tuvo una recaída.

—Ya regreso.

(No han pasado ni diez meses desde que mi sobrino murió. Aquél día en el panteón me llamó aparte, y me dijo muy formal que su vida acababa allí. Nunca fuimos de sostenernos la mirada pero esa vez me miró de una manera que me bajó las defensas. Si alguien se parece a mi difunta madre es él. Sentí en ese momento que era ella la que me mandaba un mensaje pero no lo quise creer. Sé que él sintió que le dio al clavo porque me lo dijo de una manera que hasta la piel se me enchinó. Después quiso reír a pesar de que aún estaban bajando el ataúd con su hijo, pero sabía yo que su decisión estaba tomada. Mis sobrinas lloraban y abrazaban a su madre y él contemplaba la escena, ausente. Mis hijos vinieron al funeral y uno de ellos notó mi turbación. Se acercó como quien no quiere la cosa, sabiendo que estaba vulnerable. No había asistido a un funeral desde la muerte de mi hermano mayor, quien murió de un ataque cardiaco fulminante, dejándonos a los dos como los únicos sobrevivientes de la familia...)

—Señorita, ¿me puede informar dónde se encuentra internado el señor... no, no se preocupe, aquí viene mi sobrina.

—¿Qué pasó?... no llores.

—Ya, tío.

—¿Ya qué?

—Ya falleció.

—Válgame Dios.

(Tengo que evitar las ganas de llorar. Se supone que soy el fuerte. Me froto los ojos para evitar que se empiecen a acumular las lágrimas. Me rasco la cabeza y me alejo un poco de mi sobrina. Me duele. No puedo evitarlo. Me he quedado solo. Ya toda mi familia se fue.)

—¿Dónde está tu madre?

—Acá, tío, venga.

—¡*Prieto*! -me grita mi cuñada y me ofrece los brazos desde su silla de ruedas-. Ambos sabemos que justo en este momento es difícil sobrellevar el dolor que nos invade. Siento un vacío terrible y deseos de llorar, pero veo a mi sobrina y me aguanto.

Pareciera que el hospital se hubiese quedado en silencio de súbito porque no se escucha nada. Después de unos segundos entiendo que soy yo quien ha perdido la capacidad auditiva. Las enfermeras siguen caminando con paso nervioso sin llegar a ningún lugar fijo y yo intento buscar el lugar donde yace el cadáver de mi hermano. En ese momento me molesta que el mundo no se detenga a guardar respeto por mi dolor. Los demás entienden que la vida tiene que seguir pero yo no. Siento rencor por todos los que están en el hospital. No entienden que el único hermano que me quedaba acaba de fallecer. El cuarto es el 202. Hay tres camas y la de mi hermano está en el fondo. Le han cubierto la cara y yo se la destapo. El doctor entiende que soy su hermano pues nuestro parecido físico en este momento es notable.

Le han cerrado los ojos y su cuerpo aún está caliente. Pareciera que duerme No puedo más y me derrumbo. Empiezo a llorar intentando no gritar, ahogando mis sollozos, mordiéndome los labios. Lo tomo de la mano mientras un torrente de lágrimas me nubla la vista. No sé en qué momento aparece mi sobrina y se abraza a mí. Me siento un poco reconfortado después de llorar un rato.

—¿Tienen arreglado lo de la funeraria?

—Sí, tío.

—¿Necesitan algo?

—Por el momento no. Gracias.

—Me tengo que ir a cambiar. ¿A qué hora trasladan el cuerpo?

—A las cuatro va a estar en la funeraria.

—¿Tienes quién lleve a tu mamá?

—Sí tío. Traje mi carro.

XII

El hermano menor:

Sucede algo curioso en el funeral de mi hermano. Si hubiese muerto a los veinte años, la ciudad se hubiese vaciado para venir al velorio. Se supone que conforme envejeces, te vas haciendo conocido. Con mi hermano sucedió lo contrario. Se fue apartando de la vida de manera imperceptible. Si tan sólo vinieran a la funeraria los que no salían de su casa cuando había fiesta, esto se llenaba. Hay exactamente dieciocho personas en el velatorio. Mi cuñada, mis dos sobrinas, las tres hijas de mis sobrinas, mi esposa, mis tres hijos y yo. A los que están en la parte de atrás no los conozco, pero son cinco, el de la funeraria y mi hermano, que todavía cuenta.

Había escuchado que la nariz nunca deja de crecer. Eso es cierto, al menos en el caso de mi hermano. Su poderosa nariz sobresale del cajón.

Cosa curiosa. Según lo que escuché de mi cuñada, mi hermano quería morir en su cama y con las cortinas cerradas. Le había recitado muchas veces cómo sería su defunción.

Mi cuñada sólo asentía esperando que se le pasara la idea, así que cuando empezó a sentirse mal de a de veras, no lo pensó y llamó a la ambulancia. Imagino su rabieta. Planear con tanta anticipación tu muerte para que cuando sientes que ahora sí te vas a morir, tu esposa, ¡tu propia esposa a la que le estuviste explicando durante tantos meses cómo querías morir, se te adelante y desoye todo lo que planeaste!

No me quiero reír pero está difícil.

XIII

El sobrino:

—Cuando lo conocí sentí que me temblaban las canillas -dijo mi tía en la funeraria-. Era tan guapo que no podía dejar de mirarlo. Mi corazón se aceleró cuando se acercó. Ya con los años me diría que lo primero que le llamó la atención de mí fue mi cabello. Vestía un traje oscuro que le quedaba de maravilla. Te juro que hasta parecía de película, porque hacía un viento frío, el viento otoñal. Ésa fue la razón de que mi sombrero volara justo en su dirección. Fue el destino, dije yo, porque recoger el sombrero era la excusa perfecta para invitarme a platicar. Cuando voltee a verlo, lo levantaba del suelo y le daba una sacudida. Se acercó a mí y pude apreciar sus hermosos ojos azules, que hacían un perfecto contraste con su piel bronceada. Yo me preparaba para una fiesta, ésa era la razón de mi urgencia por llegar a la casa. Nos presentamos y me dijo que trabajaba en un hotel. Me preguntó si me podía llevar a mi casa pero habría un escándalo si yo me vieran bajar del automóvil de un desconocido. Te juro que si por mí hubiera sido me voy a vivir desde ese momento con él.

Mi padre me sonríe desde el fondo de la funeraria. Es una sonrisa que intenta ser de convencimiento, pero la tristeza se le escurre por los poros. Yo estoy de cuclillas al lado de la silla de ruedas de mi tía, quien parece haber aceptado con naturalidad la muerte de su compañero. En esta funeraria hay tres velatorios. En el primero está un vecino de nosotros. Quise darle el pésame a la viuda pero me fue imposible. Al pobre hombre lo mataron los hijos con los corajes que le hacían pasar, triste paradoja la del destino. La pobre señora se desgañitaba y parecía que se iba a desmayar cada treinta segundos. Si les soy sincero, los funerales no me parecen tan malos si el que muere es un viejo. Tristes son si el o la que muere es joven. Una vida truncada es algo difícil de sobrellevar para los familiares.

Me da pena con mi tía que me sigue platicando la historia de amor de ella y mi tío y que ya he escuchado muchas veces. Me es muy difícil ponerle atención porque llegué y la saludé sin dirigirme al cajón. Le pongo la mano en la muñeca y me disculpo.

—Perdóneme tía, voy a ver a mi tío.

Ella asiente mientras un par de señoras se acercan aprovechando el momento. Me dirijo al altar y observo la figura de mi pariente. Hubiese sido un inmenso placer para mí conocerlo en sus años mozos y constatar lo que todas las mujeres que lo conocieron decían de él.

Su inmensa nariz quizá resalte por su calvicie, maldición genética de la familia. Mi hermano me dice que nosotros somos exactamente lo contrario a los leones. Y tiene razón. Toco sus manos que ahora sí están frías mientras mi madre me observa, consternada. Ella piensa que los cadáveres son cosa sagrada y que no debería de permitírsenos siquiera tocarlos. En el velatorio de al lado acaban de traer a un pobre hombre que secuestraron y luego encontraron encobijado después de pagar el rescate. Los gritos se oyen hasta acá, un poco distorsionados, y contrastan con el silencio pesado de los aquí presentes. Me doy la vuelta y veo a mi padre que abandona la sala para dirigirse a un pequeño jardín donde ya se han reunido otras personas. Mi madre saca el rosario y las viejecitas recién llegadas se ponen el velo para rezar.

Yo que de rezos ya he tenido bastante me voy a seguir a mi padre y me siento a un lado de él. Mis hermanos han decidido marcharse porque tienen un calendario muy apretado de actividades; la visita al velatorio estaba contemplada para un par de horas.

Mi padre platica de manera animada con la única prima que tiene en la ciudad, una mujer con cierta propensión a pensar que el mundo es un lugar mortal en el que hasta las moscas pueden hacerte daño y las hormigas están llenas de malas intenciones. Me sonríe escrutándome. Creo que mi padre ha pasado el momento más álgido y me reconforta.

Yo le sonrío a mi tía y me cruzo de brazos. Cuento el tiempo y espero. Esta vez se ha tardado un poco más de diez segundos en preguntarme qué estoy haciendo. Imagino que si ella tuviese el don de la especificidad imaginaría que *haciendo* es un verbo que ha pronunciado en presente o pretérito perfecto. Mi padre adivina mis negras intenciones y le explica mi trabajo *de pe a pa*. Me mira de reojo con reproche y no puedo evitarlo. Aunque todo mi cuerpo se comporte con desgano y mi boca se haya contraído, mi padre sabe que los ojos no mienten, y los míos ríen.

XIV

El hermano menor:

Una madre nunca juzga. Sólo quiere. Puedes ser el más grande baquetón de la historia y eso no hará que tu madre te quiera menos, al contrario, te convertirás en un caso especial que merece toda la atención que se le pueda proveer. Por eso sentía rabia. Rabia de saber que a pesar de todos mis esfuerzos mi madre se la pasara pensando en ti, y tú te hicieras el occiso. Te sentías tan seguro que pensabas que no era necesario visitar a tu madre. Tu estrechez de miras llegaba al punto de dar un rodeo para no tener que pasar cerca de su casa a pesar de que te quedaba en el camino. Y mi madre sabía a qué hora salías. Dejaba de hacer lo que estaba haciendo y se iba a caminar con la esperanza de verte. ¡Y tú la evitabas! Si yo hubiese tenido más edad te juro que te parto la cara. Me hubiese importado muy poco que mi madre se enojara conmigo. Yo sabía que hacías mal y me enojaba. Mis corajes eran tantos que me dolía el estómago mientras tú comprabas carro nuevo y te paseabas sintiéndote importante. ¡Claro! Un tipo con tu físico, además de trajeado y en carro del año no necesita de nadie, más que de sí mismo.

Si ella te veía, volvía a casa contenta, de al menos, haberte visto de lejos. Sabía que tarde o temprano volverías y restablecerías tu relación con toda la familia.

XV

El ambiente en Jalisco era opresivo y para acabarla de amolar había mucha pobreza. Mi madre quería cambiar de aires y empezar de nuevo en un lugar alejado. Sucedía que ella se había convertido en la matriarca de la familia a pesar de su juventud; esto ocasionó una migración hacia la frontera de una parte importante de la familia, tanto del lado de mi padre como por el lado de ella. Cuando estuvimos establecidos empezaron a llegar como si se tratara de una peregrinación a un santuario. Primos, tíos y demás llegaban a la tierra prometida, que era así como yo la veía.

Yo, que no conocía el mar, me enamoré de él y más cuando aprendí a pescar. Me iba muy temprano y disfrutaba cada instante de nuestra nueva vida, a pesar de la estrechez a la que nos enfrentaríamos después. Tú ya eras un adolescente de rasgos finos y poco comunes para Ensenada, que mira que tenía lo suyo. Acá había descendientes de ingleses, italianos, franceses, españoles, y rusos, ni se diga. Las mujeres temblaban al mirarte y tú aprovechabas tu ascendiente para seducirlas. Mi madre quería que estudiaras pero tú dedicabas tus esfuerzos a las conquistas amorosas. Cuando te fuiste a Tijuana regresaste diciendo que no valía la pena que mi madre gastara tanto en ti, si no lo ibas a aprovechar. Y para ella no era sacrificio mandarte sus ahorros. Si te graduabas, superarías con creces todo su esfuerzo. Pero no te importó. Preferiste meterte a trabajar y pasártela bien.

XVI

El sobrino:
Luché tanto para quitarme ese concepto de mi padre que de hecho me convertí en su Némesis. Su visión de la vida era sumamente anticuada y chocaba de manera frontal con lo que yo pensaba. Me molestaba que me repitiera: "ya tendrás a tus hijos", frase llena de ocultas intenciones que me transportaba a un futuro lejano donde mis hijos eran aún peor que yo. Mi salida de la casa se había convertido en una muestra de independencia ante ese mundo represivo, lleno de prohibiciones en donde nada de lo que hiciera tendría mérito ante sus ojos.

¡Qué vueltas tiene la vida! Han pasado muchos años y ahora todo cobra sentido. Mi padre sigue platicando de manera animada con mi tía la psicópata y no disimula el orgullo que siente por mí. Quizá en otras circunstancias me hubiera abrazado pero nunca fue de mostrar sus afectos.

Han terminado de rezar el rosario y mi madre se nos une sonriendo de manera forzada al ver a mi tía. Se aproxima el mediodía y con ello se acerca la hora del cortejo fúnebre. Mis hermanos se unen apresurados preguntando a qué hora es el entierro. Les indico que será a la una. En unos minutos levantarán el cuerpo para llevarlo al responso. Después de allí nos iremos en caravana al cementerio, donde lo enterrarán justo al lado de su hijo.

Mi tía y mis primas se ven enteras. Al menos no se han desgañitado gritando como lo hacen los parientes de mi esposa. Se quieren tirar al hueco donde están enterrando el muertito para luego desmayarse. Yo no dudo de sus capacidades histriónicas pero me caen como patada en el estómago. Mi esposa me dice que allá en el Sur, los funerales son con banda y toda la cosa. Acá en el Norte estamos más americanizados. Preferimos el silencio y pocas palabras.

Los tipos de la funeraria alistan la carroza mientras todos desalojan el velatorio. Algunos se ponen de acuerdo para ver quién se va con quién. Mi hermana se me acerca y me pide irse conmigo. Sonrío un poco y le indico dónde me encuentro estacionado.

—¿Cómo ves a mi papá? -me pregunta mientras abro la puerta del carro.

—Pues normal. Ayer estaba muy dolido pero imagino que ya se hizo a la idea.

—¿Sí, verdad? ¿Tienes un cigarro?

—En la guantera.

Bajo los vidrios para que no se acumule el humo y me emparejo con los otros carros que de manera lenta van enfilándose en la procesión. La iglesia no está muy alejada de la funeraria y el otoño empieza a llegar con sus vientos fríos, y hasta parece que quiere llover.

XVII

El hermano menor:

Mis hijos van delante de mí. Van tan entretenidos platicando que ni siquiera se dieron cuenta que vengo pegado a ellos. Toda mi familia fue de fumadores. Mi padre, mi madre, mis hermanos. Creo que por eso aborrecí el cigarro, y allí van ellos echando humo hasta por los codos. Bueno, al menos nunca han fumado en mi cara, eso lo tengo que agradecer.

—Te dije que me vino a visitar tu sobrina hace algunos días -me interrumpe mi esposa.

—No, no me dijiste, ¿cuándo fue eso?

—Hace como dos semanas, tú justo habías ido a visitarlo.

—¿Y qué te dijo?

—Lo de siempre. Estaba consternada por las ganas de morir de su papá. Dice que desde que se murió su hermano su papá decidió que esta vida ya no valía la pena.

—Fíjate que hace un año me dijo lo mismo, justo en el funeral de mi sobrino. Yo no le hice mucho caso porque pensé que se le pasaría, que era porque estaba deprimido, y mira, se salió con la suya.

—Tengo la impresión de que siempre se sintió culpable por la enfermedad de su hijo.

—Ésa es sólo parte de la culpabilidad que sentía. Quizá el lidiar con su hijo fue la cereza en el pastel.

XVIII

El sobrino:

Ensenada es el lugar soñado para disfrutar de la melancolía. No conozco muchos otros lugares pero se me hace que hasta las borracheras son diferentes. Casi siempre está nublado y nuestros gestos nos delatan. Aun nuestras alegrías tienen cierto componente triste que no alcanzo a descifrar. Y para ser honesto, mi tío no pudo escoger mejor día para morir. A pesar de ser mediodía, el frío cala los huesos. Ha terminado el responso y la poca gente que vino empieza a salir. El silencio en la iglesia es molesto y todo pareciera ser parte de un ritual, sin ritual de por medio. Me ajusto la marinera y hago una seña a mi hermana que se despide de unos parientes que no van a ir al entierro, porque según la tía es diabética y se le puede bajar el azúcar. Se acerca a mí y le pregunto;

—¿Qué tanto platicabas que no me hacías caso?

—Nada. Tonterías. Cosas que ya sabemos.

El asunto de mi tío se mantuvo muy privado. Mi padre no quería que se enterara nadie más. Yo pienso que no hacía falta tanto secreto. De todas maneras ya casi nadie lo visitaba. Lo de la silla de ruedas me lo dijo mi padre justo el día de Navidad del año anterior, cuando estaba a punto de irme a celebrar. Me impresionó tanto que no pude dejar de pensar en eso por horas. Imaginaba su predisposición a morir después de haber enterrado a su hijo. La silla de ruedas sería el primer paso en la aniquilación personal. Lo que me sorprende es que mi padre haya hablado de eso de manera tan abierta. En mi familia no se ventila la información como se haría en otras. La familia de mi suegra es un libro abierto, lleno de situaciones inverosímiles como las historias de contrabando y traición con sus héroes y bandidos. Entre nosotros, las cosas se intuyen, no se platican. Todos los miembros de la generación de mi padre se manejaban como una mafia, con todo y sus pactos de silencio. Toda la información que he podido recabar ha sido gracias a las indiscreciones de mis primos mayores que oyeron las cosas de pasada. Mi padre se molesta e idealiza al indefendible de mi abuelo. Jamás he escuchado un solo reproche, una sola queja acerca de su cuasi vergonzoso comportamiento. Al contrario, me habla de un prócer que sacrificó comodidades en Jalisco por darles a él y sus hermanos una nueva vida en un rincón lejos del centro del país. Y no lo culpo. Ha crecido influenciado por las conductas de una sociedad cerrada. Sé muy bien, porque así he sido educado, que uno nunca debe de juzgar a los padres y con eso estoy de acuerdo, pero sé también que no es necesario idealizarlos, sino verlos como personas de carne y hueso con debilidades y virtudes, que en el caso de mi abuelo se inclinaban más a donde ustedes ya saben.

—¿Qué tanto piensas? -me pregunta mi hermana.

—En las generaciones de padres e hijos.

—Vaya. Justamente de eso platiqué con mi tía anoche.

—¿Sí? ¿A qué hora que no te vi?

—Después de que cerraron la funeraria. Con eso de que ya no te puedes quedar a velar toda la noche, acompañé a mis primas a la casa de la tía y allí me quedé un rato, ¡qué digo un rato si casi me amanecí platicando!

Mi auto ha quedado por alguna extraña circunstancia de espaldas al cortejo fúnebre. Mi hermana voltea por casualidad y se da cuenta que ya avanza el cortejo. Me hace una seña para que me relaje, después de todo no hará gran diferencia si nos integramos o no.

XIX

El hermano menor:

—Quizá no haya mayor tragedia en este mundo que saber que tu hijo tiene una enfermedad mortal que en cualquier momento puede acabar con él. Te empeñas en hacer de su vida un paraíso, aunque lo sea de manera efímera, pues no sabes si mañana lo encontrarás vivo. Eso pensaba mi hermano cuando le diagnosticaron una especie de cáncer cerebral a su primogénito. El doctor que lo atendió se creía que era tan autosuficiente en su estupidez que sólo le faltó contarle las horas de vida. Su enfermedad resultó ser una forma de epilepsia que tarde o temprano lo mataría, pues se decía que era progresiva. Era raro que no pasara de primer grado de primaria si no tenía ningún tipo de retraso, al menos eso considerábamos cuando empezó a dar muestras de no asimilar nada de lo que se le enseñaba en la escuela.

Claro que mi sobrino trabajó todo eso en su provecho una vez que fue consciente. Supo manejar la culpabilidad que sentían mi hermano y su esposa para llevar una vida sin preocupaciones y a sus anchas.

Volteo a ver a mi esposa que me escucha ausente, reflexionando acerca de todo lo que comento. Esta misma historia la hemos platicado muchas veces, al grado que se ha convertido en algo recurrente.

El cortejo fúnebre avanza con lentitud hacia el panteón que se encuentra a la salida de la ciudad, justo a espaldas de la cárcel. El viento comienza a soplar con fuerza y se lleva algunos de los arreglos que los autos llevan en el cofre. Sólo uno se ha detenido a levantarlo. Los otros fingen que no ven y siguen su marcha.

Algunos automovilistas se molestan porque tienen que esperar unos momentos a que pasemos todos. Puedo ver sus caras de fastidio y me pregunto si yo también me fastidiaría ante el cortejo fúnebre de alguien que no conozco. Nos salimos de la carretera y ahora sí nos enfilamos al lugar de su eterno descanso. Puedo decir que el panteón tiene sus particularidades. Por un lado, la vista que se tiene de la ciudad es bastante buena, el mar se extiende como una alfombra gris y pareciera que está por encima del puerto. La isla, a pesar de lo nublado del día se aprecia con claridad. Por el otro lado, las tumbas son una sucesión de montecillos y desniveles que asemejan más un parque de diversiones. No tengo idea de dónde me vino la comparación pero me parece válida. Subimos un camino angosto de terracería y luego me estaciono a no menos de cien metros del lugar del entierro. Ya están algunas personas esperando la carroza, entre ellos se encuentra el pastor, hermano de mi cuñada, que al igual que en el entierro de mi sobrino, viene dispuesto a decir una sarta de estupideces. Respiro hondo y lo saludo esperando que esto acabe pronto

XX

El sobrino:
Las maldiciones no existen. Al menos no en el sentido que la gente supersticiosa quiere darles. Pienso que muy dentro de nosotros existe algo así como una conciencia crítica profunda que nos hace tropezarnos cuando sabemos que hemos hecho mal. Vivimos intentando justificar nuestras acciones a la luz de un sentido torcido de convicción. Lo que le pasó a mi tío con su hijo no es más que un accidente. Sería estúpido pensar que le sucedió por su comportamiento con su madre, ¿no crees?
—Ahora te pusiste filosófico justo aquí en el panteón.
—No es filosofía, es un intento de explicar el comportamiento de mi familia.
—Pues allí te van a encontrar. No existe una piedra rossetta para identificar cierto tipo de actitudes

privativas de nuestra familia. Somos como somos y se acabó.

—Tú aceptas nuestro destino de manera tácita, yo no. Quiero entender porqué un hombre de las capacidades de mi tío decidió enterrarse en vida a esperar la muerte. En cuanto se jubiló se recluyó en su casa, la que se convirtió en una suerte de convento.

—Tú te quedas donde te sientes a gusto. Imagino que ese fue su caso.

—Imaginas bien pero no le encuentro justificación. No era tan viejo ni estaba tan acabado cuando se jubiló.

—Pues no. Mira, allá llegaron nuestros padres. Deberíamos unirnos a ellos, ¿no?

—Pues sí.

—Tus análisis déjalos para después.

XXI

La esposa:

Te vi por última vez antes de que cerraran la tumba de una vez y para siempre. Te amé de manera devota a pesar de tus excentricidades. Yo sé que todos a mi alrededor me miran y se preguntan porqué me veo tan entera, pero sólo tú y yo sabemos de nuestro pacto. Recuerdo que me hiciste jurar que no derramaría una lágrima ni en la funeraria ni en el panteón, cumplí tu voluntad, y créeme que me costó trabajo. Me decías que uno podía escoger cómo morir y que tú querías morir a tu manera. Yo respeté tu decisión, así como respeté todo lo que viniera de ti, fuera bueno o malo. Lo supe desde la primera vez que te vi. Irradiabas seguridad y yo me deshice en coquetería. Aquel día que nos conocimos y que me entregaste el sombrero, no pude dejar de pensar en ti ni un momento. Quería abrazarte, quería estar contigo y hasta me escapaba de la escuela para ir a verte.

Ahora te están bajando a tu última morada. Me doy cuenta que tu hermano te ha querido toda su vida, porque le duele ver cómo te bajan. Yo que lo conozco bien sé que no es de los hombres que externan sus emociones pero está a punto de quebrarse. Mis hijas lloran quedito y se abrazan. Yo desde mi silla de ruedas espero hasta que te depositen al fondo. Te arrojo una flor que me regalaron y te despido ahora sí, para siempre. Fingiré entereza hasta que esta noche me vaya a acostar. No quiero que nadie vea mis lágrimas.

Agosto de 2008

II

UN FUNERAL

EL VECINO

—Cuando llegué a la funeraria, era presa del miedo
más terrible. Mirar a mi vecino con huellas de tortura
rebasaba mi capacidad de entendimiento. No quería
acercarme pero mis ganas de verlo por última vez pu-
dieron más. No parecía para nada que hubiese sufri-
do tanto antes de morir. Su rostro denotaba la paz de
quien ya no pertenece a este mundo. Mi vecina estaba
en primera fila y sujetaba con denuedo un pañuelo que
restregaba furiosa contra una de sus piernas mientras
sollozaba ausente. Me puse por un momento en su lugar y me di cuenta de que las mujeres sobrellevan el
dolor de una manera más valiente que nosotros, que
intentamos ocultar nuestro sufrimiento detrás de una
máscara de indiferencia.

Hace apenas un par de meses celebrábamos la
vuelta de su hijo el menor de un campeonato nacional
de béisbol. Lo celebraron con una carne asada y feste-
jó que Dios fuera tan bueno con él. Me abrazaba y me
decía que no podía pedir más a la vida: una mujer her-
mosa y acomedida, un hijo mayor bastante aplicado en
la universidad, que estaba a punto de graduarse y ayudarle con el negocio, su hija la del medio parecía una

modelo y a la que le molestaba que su padre le hiciera tantos cariños, y por supuesto el menor, que tenía madera como para ser profesional en el deporte. Hacía calor y las cervezas volaban. Tenía como unos veinte años de conocerlo, y nuestra amistad era bastante sólida. Lo recordaba llegando a nuestro fraccionamiento recién desempacado del Sur con su hijo mayor de brazos. Había comprado un lote justo a unos metros del mío. Me sorprendió de inmediato su diligencia para hacer las cosas y su esfuerzo y dedicación para hacerlo todo al detalle. Llegaba a revisar los avances de la obra todos los días por la tarde, justo después de salir de trabajar. Los albañiles lo veían venir y temblaban al saber que les revisaría todo con ese nivel viejo de madera que tenía, y que decía que él mismo había reparado en un par de ocasiones dejándolo mejor que nuevo. Su cinta de medir era un arma terrible a los ojos de sus empleados. Si algo no le gustaba, hacía que lo derrumbaran. Decía que allí iba a vivir toda su vida y que quería vivir a gusto.

A mí me sorprendieron sus dotes para la construcción cuando vi la obra terminada, bueno al menos en su primera etapa. La altura de los cuartos era perfecta y se podía apreciar la simetría de las recámaras. La cocina la fabricó él mismo, de pino. Le dio un terminado rústico que mucho tiempo después, inclusive un carpintero le preguntó acerca del hacedor de esa obra para pedirle algunos consejos. Mi vecino se rió y le explicó los pormenores sin más. Ése era él. Un hombre dedicado a disfrutar la vida en todos sus aspectos.

No quiero ni imaginar el infierno que ha sido para su familia el asunto del secuestro. Para empezar, su esposa no tenía acceso a todas sus cuentas ni tenían tanto dinero como los secuestradores suponían. Quizá por eso lo mataron y junto con él se llevaron la felicidad de los demás. ¿Cómo puede una madre explicar a sus hijos que hay tanta maldad en este cochino mundo que hay quienes matan por el solo gusto de matar? He escuchado decir que en cuanto lo sepulten se van de la ciudad. Dicen que no pueden vivir un minuto más en la casa que él les construyó con tanto esmero. Su esposa se fue a dormir unos días a casa de una amiga y los hijos incluso ya se dieron de baja en la escuela. ¡Que estos desgraciados todavía hablan para seguirlos amenazando!

¿Qué más quieren? ¿Acaso ellos nacieron de un árbol?

¿No les fue suficiente el dolor causado al destruir una familia que vivía su vida a la luz de todos?

¿No tienen estos secuestradores una madre, un padre, un hermano, un hijo, una esposa?

¿Qué harían ellos en caso de que un desconocido les destruyera la vida por unos cuantos pesos?

Creo que no tengo una respuesta a ninguna de esas preguntas. Sólo sé que el dolor se transpira por todos los rincones de la funeraria.

A la hija tuvieron que inyectarla para que durmiera un rato. El hijo mayor está sentado en la fila de enfrente y no habla con nadie. Pidió que no lo molestaran y su madre lo observa de reojo pensando que puede sufrir una crisis en cualquier momento. No sabe ella que la realidad lo ha golpeado con fuerza y que todos sus sueños se fueron a la chingada de un fregadazo. Me dicen que hace unas horas la novia lo quiso consolar y la mandó muy lejos.

El menor le puso entre las manos la medalla que se ganó en el campeonato nacional para que se la lleve. Después de todo, él entró al béisbol porque su padre era muy aficionado. El mayor voltea un poco y me mira, sabe que su padre y yo fuimos muy amigos y no necesita decirme nada. Intuyo que su mirada me pregunta porqué y yo no puedo evitarlo y agacho la mirada.

Me pregunto qué pensarán las personas que le dan el pésame a la señora. Qué cruzará por sus mentes o qué palabras escogerán que puedan representar algún alivio por mínimo que sea. Cuando me acerqué a ella sólo puse mi mano sobre la suya y ella me la apretó con fuerza. Podría haber buscado las palabras más hermosas que hubieran existido pero el resultado hubiese sido el mismo. No acabarían con el dolor de saber que un hombre bueno y que no hacía mal a nadie murió sin siquiera poder defenderse.

La familia del vecino llegó del interior, su madre, sus hermanos y varios sobrinos. La señora me explicaba de pasada que su hijo nunca quiso quedarse allá en el rancho que tenían. Que quería conocer algo más y que sus hijos tuvieran una vida con más comodidades. Se educó en el trabajo duro del rancho y su padre le inculcó una ética de trabajo que le permitió hacer lo que hizo en la vida. La voz de la señora se quiebra y su hijo la abraza. Ella se pierde en el abrazo mientras se deja conducir de manera dócil hacia el velatorio. Mi familia se ha ido, pues ya pasa de la medianoche y yo he decidido quedarme. El café de la funeraria es viejo y sabe muy mal.

De todas maneras la mayoría de la gente ya se ha ido. Queda la pura familia y yo. El hijo mayor por fin sale y nos dirigimos hacia un jardincito que hay en la funeraria. Saco un cigarro y me dispongo a fumar cuando el muchacho me pide uno.

—No sabía que fumabas.

—Nunca fumé frente a mi padre. Él aborrecía el cigarro.

—Vaya.

—Me decía que no debería uno pagar por morir lento.

—Pues sí. Eso sí.

El silencio entre los dos se hace denso. No pregunto y él no responde, aunque ambos sabemos cómo se siente en este momento.

Quiero evitar todas las fórmulas comunes para iniciar una plática. He pensado en preguntarle cómo se siente su madre pero me sé la respuesta de antemano. Quisiera que él se desahogara de una buena vez, pero sus sentimientos están bien camuflados bajo una apariencia de fortaleza. Pienso que quizá le caiga el veinte en algunos días o meses, cuando la ausencia del padre se convierta en un dolor profundo e intolerable. A lo mejor estoy viendo todo esto desde una perspectiva muy cerrada, y me pregunto cómo afrontaría yo la misma decisión.

Me da una palmada en el hombro y se retira al velatorio.

El hijo mayor

—Quiero entender, ¡Dios! ¡Quiero entender! ¡Por qué te lo llevas así!

Desea de corazón encontrar a los secuestradores y matarlos. Sabe que será difícil. En estas circunstancias lo más probable es que si empieza a investigar lo maten a él también.

Una lágrima se le escapa y el llanto amenaza con acudir en tropel. Se ha despedido del vecino pero no entra de nuevo al velatorio. Camina sin prisa al baño y se encierra. No enciende la luz y se sienta en la taza. Solloza intentando contenerse pero no puede más y se derrumba. Espera que nadie se percate que está dando rienda suelta a su dolor.

—Mi padre siempre me dijo que yo sería la cabeza de la familia si él llegara a faltar. En este momento no puedo dar muestras de debilidad, sobre todo enfrente de mi madre. Yo soñaba con verlo envejecer con sus nietos saltándole en el regazo. Sus asesinos le han negado la oportunidad de hacerlo.

Desde ayer en la tarde que nos entregaron el cuerpo no he podido hacer otra cosa que pensar y pensar cómo chingados le voy a hacer para que mi familia no se acabe. Veo a mi madre muy deprimida y pensando que esta vida ya no vale la pena, por eso me hago el fuerte a pesar de que me está cargando la fregada. Mi hermana no resistió tanto dolor. Siempre ha vivido en un mundo muy diferente al de nosotros a pesar de vivir en la misma casa. Por ser la única mujer mi padre la colmó de atenciones, a las que ella correspondía con desdén. Se dio cuenta muy tarde que podía haber hecho un esfuerzo por ser más cariñosa con él. Yo creo que de allí viene su dolor. Mis ojos empiezan a acostumbrarse a las penumbras y los siento pesados. Creo que lloré bastante y me siento aliviado. La opresión que siento en el corazón no desaparece, ni desaparecerá el dolor de su ausencia.

LA ESPOSA

Se acerca al ataúd y le acaricia la cara mientras llora sin dejar de verlo.

—Tú sabías que no podías morirte así, dejándome sola. Hace apenas unas semanas me decías que ya tenías ganas de retirarte, que el cuerpo no te daba para más. Yo te escuchaba sabiendo que no lo harías porque llegué a conocerte más que a mí misma. Naciste siendo impaciente. Me dice tu mamá que no podías estar sin hacer nada. Que desde chiquito ya eras muy travieso y tenían que ser muy imaginativos para mantenerte ocupado, porque eras muy preguntón.

Por eso yo reía mientras me decías que ya te ibas a retirar, sabiendo de antemano que no lo harías por ninguna razón. Tenías el complejo de la hormiga. Trabajar y trabajar, porque decías que un hombre sin hacer nada se mira muy feo. Tus hijos nunca te aguantaron el ritmo, por eso prefirieron estudiar. Tú les decías que si no le echaban ganas los ibas a poner a trabajar contigo y ésa fue su mayor motivación. No se imaginaban la vida trabajando de sol a sol como tú. Eso no los libraba de pagarte en especie los fines de semana que ellos veían con terror, sabiendo que si no te ayudaban no les darías dinero para que salieran. Hasta en eso eras sabio, mi amor.

Toda la gente me ve con lástima, y yo no siento lástima por mí, lo que siento es rencor, un rencor muy grande. Los policías vinieron a hacer las indagatorias pero no les quise decir nada porque imagino que entre ellos están los secuestradores. Les hablé desde el día que me hablaron para decirme que mi marido estaba secuestrado. Yo creo que por eso me lo mataron a pesar de que les pagué el rescate. Uno de ellos me exploraba con la mirada. Intentaba mirar más allá de mi ropa interior y se relamía los bigotes. Ahora le agradezco a Dios que no haya estado mi hija porque este tipo es capaz de llevársela por darse el gusto. No quise decirles nada a mis hijos, al contrario, cuando se enteraron, les pedí que intentaran llevar una vida normal dentro de lo que cabía pero sólo me obedecieron un par de días. Prefirieron quedarse en casa y compartir mi sufrimiento, hacerse partícipes de las horas interminables y estallar por momentos en arranques de frustración que sólo ellos y yo sabemos. Todavía tienen el descaro de hablarme por teléfono para amenazarme, pero el miedo por mí ya lo perdí. Sólo quiero que mis hijos dejen la ciudad y empiecen de nuevo en los Estados Unidos con lo poco que nos quedó. Yo les prometí que los acompañaría, pero fue sólo para animarlos. Me quiero quedar en mi casa a esperar a que me maten a mí también. Les dije que sus madres, hermanas y tías eran unas putas, unas perras y ya no me importó que me dijeran que ahora me tocaba a mí. ¿Qué más daño me pueden hacer? Yo sólo quiero que mis hijos se vayan y después me arreglaré con ellos, especialmente con el maldito policía de mirada pervertida que se reía de mi sufrimiento.

EL VECINO

Escuché que mi vecina anda diciendo cosas raras. Cuando uno es víctima de un crimen como éste lo primero que piensa es en vengarse. Yo me imagino sufriendo lo mismo que ellos y buscando a los responsables. Es muy difícil no pensar en la muerte de los demás, aun cuando eres cristiano. No es justo acabar con los sueños de toda una familia y no sólo con sus sueños, también con su tranquilidad, porque ya jamás encuentran paz y viven en la eterna agonía de pensar que pueden ser ellos los siguientes.

El menor reaccionó diferente, cuando se enteró que habían encontrado el cadáver de su papá. Me dicen que empezó a golpear la pared con el puño hasta que se lo fracturó. La hermana se desmayó, no lo podía creer. Tenían la esperanza de que después de pagar el rescate lo liberarían y que este asunto del secuestro pasaría a ser sólo un mal recuerdo. Mi vecino era un hombre que sabía ponerle al mal tiempo buena cara. Recuerdo que cuando se vino lo de la devaluación del noventa y cinco, él tenía todo su dinero en pesos. Decía que no necesitaba a los gringos para nada. Yo platiqué con él al respecto y le dije que cuando un presidente le quitaba ceros a la moneda siempre venía algo malo, pero no me hizo caso. Cuando su patrimonio se pulverizó, se puso muy triste por algunos días, pero después como que se hizo a la idea y se puso a trabajar animosamente de nuevo. ¿Y todo para qué?

LA HIJA

Se ha despertado y camina hacia el ataúd. Acaricia el rostro de su padre mientras lo moja con sus lágrimas.

—Tú pensabas que me avergonzaba de ti porque siempre fuiste muy rancherote y tenías modales de campesino. Aquí en este momento, te juro por lo más sagrado que nunca fue así. Bueno, sí, un poquito. Sobre todo en la secundaria. Lo que pasa es que eras bien empalagoso y a veces me enfadabas. Ahora que te fuiste te puedo decir que existe una cosa que voy a extrañar de ti y no creo que tú tengas ni la más remota idea. Te lo digo. Lo que más voy a extrañar de ti es tu olor. Siempre comentaba con mi mamá que nunca te gustó usar otra cosa que no fuera esa loción barata que comprabas en el mercado. Le decía que deberías mostrar más clase, que deberías comprarte un perfume bueno, pero para ti eso era lo de menos. Tenías ideas bien arraigadas y no había nadie en el mundo que pudiera hacerte cambiar. Por eso siempre te relacioné con tu olor. Una vez en el cine, me acuerdo que un muchacho pasó junto a mí oliendo exactamente igual que tú. Yo de inmediato voltee pensando que eras tú, pero me encontré a un muchacho humilde que abrazaba a su novia. Te juro que te imaginé a su edad llevando a mi mamá del brazo por la calle, imagínate. Tú te rasurabas todos los días porque no te gustaba andar desaliñado y yo te pregunté en cierta ocasión si yo tendría que hacerlo también algún día. Tú te reíste a carcajadas y me dijiste que por supuesto que no, que yo era mujer y que a mí nunca me saldría barba. Y fíjate que no sé cómo fue que me empecé a alejar de ti. Recuerdo que al principio, cuando yo era una niña, no me quería separar de ti, a donde fueras yo iba. Si estabas arreglando el patio, yo te ayudaba. Según yo, agarraba el rastrillo y jalaba las hojas que se caían del arbolote que teníamos. Tú me mirabas de reojo y te reías pero me dabas un beso por la ayuda y era todo lo que yo pedía, fíjate nomás qué gran recompensa, un beso. Ahora que estás aquí, parece que estás dormido y daría mi vida entera porque te levantaras y me dieras aunque sea un beso de despedida. Sé que no puedes y ni modo, me tengo que aguantar. Ojalá y en el cielo nos encontremos porque estoy segura que los tipos buenos como tú tienen la entrada asegurada. Ya te imagino queriendo arreglar el cielo con uno de tus proyectos, levantando a los angelitos temprano para que te ayuden; repartiendo besos por la ayuda recibida.

Ibas por mí a la escuela y corrías a recibirme con ese amor que me tenías y que yo al principio aceptaba sin más porque se me hacía normal. Ya cuando entré a la secundaria, tú ibas por mí y me daba vergüenza. A ti no te puedo mentir, sentía vergüenza de que fueras tan poco refinado y que desentonaras con los papás de mis amigas que siempre llegaban de traje a recogerlas. Yo renegaba y le decía a mi mamá que no deberías ir por mí, que mejor enviaras a uno de los trabajadores para decirle a mis amigas que era el chofer, pero tú decías que no, que yo era tu princesa y que me tenías que cuidar porque había muchos gallones. Saludabas a los profesores con un apretón tan fuerte que algunos de ellos decían que casi les fracturabas los dedos, pero sé que lo hacías sin malicia. Mi madre se enojaba mucho conmigo porque yo era la única que te hablaba de tú y no me decías nada. Luego, me empecé a juntar con puras chicas *fresas* en la secundaria y la prepa. Tú me traías bien cortita y yo me enojaba porque te decía que si a mis amigas las dejaban estar hasta tarde en las fiestas tú debías hacer lo mismo. Te enojabas y decías que no, que una señorita decente no tenía nada que andar haciendo fuera de casa a altas horas de la noche. Y allí nos empezamos a separar. Tú me querías abrazar y yo te aventaba. Perdóname. Cómo quisiera abrazarte en este momento y decirte lo mucho que siempre te quise aunque no te lo demostrara. Sé que ya es tarde pero tengo que decírtelo.

EL HIJO MAYOR

-Mi hermana está hecha una Magdalena, ahora sí. En vida de mi padre siempre se portó bien grosera. Pensaba que era un accidente haber nacido en nuestra familia y que ninguno de nosotros la merecíamos. De cierta manera fue culpa de mis papás. Si no la hubieran consentido tanto, ella quizá se habría comportado diferente, pero siempre le cumplían los caprichos a pesar de que muchas veces se portaba mal y no se merecía tantas atenciones, aunque la verdad era la consentida de mi papá y hasta le hablaba de tú. Si yo le hubiera hablado de tú me *sorraja* un fregadazo.

Él la quería abrazar y ella se enojaba. Dice mi mamá que una vez, enfrente de sus amigas, se enojó mucho con él porque la quiso besar. Que mi papá no dijo nada y se subió a su cuarto y que lo encontró llorando. Jamás se imaginó que su consentida fuera a cambiar tanto. Y ahora está llore y llore. Imagino que le entró el remordimiento. A sus amigas les decía que su papá era un ranchero, que qué vergüenza, y la verdad, no había tipo más noble que él.

Claro que tenía sus ideas y que éstas eran radicales. A nosotros nos costó bastante el que nos diera un carro. Mi hermano es campeón nacional de béisbol y muy bueno en la escuela y ni así le compró carro hasta que pasó al tercer semestre de la universidad. A mi hermana, por el solo hecho de entrar a la universidad le compró uno, y muy bonito por cierto. Y ahora todo valió madre. Mi amigo se aprovechó de nuestra necesidad para darme una bicoca por mi camioneta. Yo sabía que él tenía dinero, después de todo a eso se dedica, a vender carros. Nada le hubiera costado ponerlo a la venta en su yarda. Sabe bien que me jodió, porque no se ha parado por aquí, aunque sea por educación.

EL VECINO

No cabe duda que en esta familia son unidos. A ratos hasta envidia me da. El hijo mayor pronto asumió su papel como lo que es, pero el hijo menor no desentona. La única que de a tiro se ve bien sacada de onda es la hija. Pobrecita. Yo casi nunca crucé palabra con ella. Imagino que pensaba que no era lo suficientemente fino como para dirigirme siquiera una mirada a pesar de que de chiquilla era buena onda. ¿Cuando cambió?, quién sabe. De repente y cuando empiezan a tener posibilidades el humo se les va a la cabeza, ahora y después de esta tragedia quién sabe qué pasará por su cabecita loca. Mi hijo me platicó que se la topó una vez en una discoteca y que la quiso saludar, después de todo eran amigos desde la infancia, y dice que ella lo miró como si no existiera. A mí me dio mucho coraje porque mi chamaco no tiene mucha malicia y se sintió mal. Yo le expliqué que eso de tener dinero no es malo en sí, pero que tiene uno que tener los pies bien plantados en la tierra, pero no es el lugar ni el momento para pensar en eso.

EL HIJO MENOR

—Yo ni sé lo que siento ahorita. Me cae que tengo ganas de salir corriendo. Me duele lo de mi mamá porque ha de estar sufriendo un chorro, pero me duele más mi abuelita, pobrecita. Hace rato le pidió a mi tío que la arrimara al cajón y me cae que me quebré. Mi tío la cargaba casi en vilo y ella se arrimaba como si mi papá estuviera nomás dormido. Le acariciaba la cara con sus manos arrugaditas y luego lloraba. Imagino que la pena de una madre al ver a su hijo muerto está de la chingada. Yo me quiero hacer el fuerte pero no puedo. A ratos me calmo y a ratos me suelto llorando como si esto no fuera más que una parte de la pesadilla. No le quiero decir a mi madre pero todavía ahora en la mañana recibí la llamada de uno de esos cabrones amenazándonos. Apenas nos habían entregado el cuerpo y ya estaban chingando otra vez. ¿Qué más quieren? Les pagamos el rescate juntando todo lo que teníamos y a pesar de eso lo mataron como si nada. De qué sirve pagar el rescate. Si te secuestran, que te maten y ya. De todas maneras y aunque te devuelvan te van a seguir molestando y tú no vas a vivir a gusto. Pinches perros malnacidos. Mi hermano dice que quiere vengarse, pero yo le digo que se tiene que calmar hasta que se enfríe la cosa. Vino el padre, el que es muy amigo de mi mamá y estuvo tratando de darnos consuelo pero yo vi a mi madre renegando hasta de Dios, y eso que ella es muy creyente. Ya para que mi mamá reniegue de Dios, ha de ser porque tiene un dolor que no le cabe en el cuerpo. Ya casi todos se fueron. Quedamos la familia y el vecino que era el que se llevaba más con mi papá. Ya casi amanece porque el cielo está negro. Alguna vez escuché que cuando más oscuro está es que ya va a amanecer, pero en el caso de mi familia creo que ya se quedó oscuro para siempre. No creo que haya nada que nos pueda quitar este velo negro que nos cayó a todos en el corazón. Qué frustración saber que no te puedes defender contra unos cabrones que operan en las sombras y con la ayuda de las autoridades. Una semana después de que llegué del campeonato nacional se lo llevaron. A nosotros se nos hizo raro encontrar su camioneta con la puerta abierta a dos cuadras de su negocio. Nunca fue muy tomador y menos cuando manejaba. Los secuestradores se comunicaron con nosotros tres días después y hasta lo hicieron hablar los hijos de su puta madre. Sabrá Dios qué tantas chingaderas le hicieron. Dice mi mamá que ya se le oía la voz ausente. Como que ya presentía que no iba a salir con vida, pero que él temía más por la seguridad de nosotros que por él.

EL EMPLEADO

—Nunca tuve una relación cercana con la familia de mi patrón. Yo entendí desde el principio que él era mi amigo a pesar de todo, pero preferí siempre mantener la distancia para evitar malos entendidos. Él siempre se portó a la altura, aunque a veces fuera muy exigente. Los pobres muchachos sabían que tenían que ayudarle aunque no quisieran, pues como están jóvenes prefieren andar paseando que ayudar. Yo los veía renegar cuando los levantaba los fines de semana para que trabajaran. Me acuerdo que algunas veces venían medio crudos y de mal humor, aunque en realidad nunca fueron groseros conmigo. Como los conozco desde chiquitos, ya me miran como parte del negocio y en algunas ocasiones decían que mi patrón me quería más a mí que a ellos, porque siempre nos miraban juntos. Yo me siento muy triste por esta situación, porque con su muerte yo no sé qué va a ser de todos nosotros. El hijo mayor todavía no termina la escuela y no se le ven muchas ganas de entrarle a un negocio como éste, donde tiene que andar uno lidiando con gente de todas las clases. Yo tengo el presentimiento de que alguno de los que trabajaron o trabajan aquí tuvo que ver. Dicen las malas lenguas que no se veían huellas de violencia en su *pick up*, y aparte a él nunca le gustó andar presumiendo lo que tenía. Nosotros lo vacilábamos diciendo que traíamos mejores carros que él, cosa que no le importaba porque nos decía que no había cosa más fea que un patrón explotador. Que si su éxito no se traducía en el beneficio de los demás siempre sería un éxito hueco, por eso lo admirábamos y le teníamos tanta ley. Aparte siempre estaba trabajando, era difícil distinguirlo de sus empleados porque siempre andaba sucio. Lo que yo no entiendo era de dónde sacaba tanta energía. Podía trabajar hasta la noche sin quejarse. Muchos venían y pedían trabajo y era raro que les dijera que no. Lo único era que las primeras semanas se las tenían que aventar trabajando con él. Si pasaban la prueba se quedaban. Yo me acuerdo que algunos no duraban ni el día. Pedían permiso para ir por agua y ya no volvían. El patrón soltaba la carcajada y me decía que para hacer dinero hay que trabajar y trabajar, que ya habría tiempo para disfrutar.

Que nuestro Señor Jesucristo lo reciba en su seno.

LA ESPOSA

-Ya amaneció. Estoy entrando al último día con el cuerpo de mi esposo presente. Después de las dos de la tarde todo será sólo un recuerdo. No quiero ni llegar a la casa pero vino mucha familia del interior para el entierro. Hace frío y me resisto cuando mi hermana me quiere poner un suéter. De verdad quisiera morirme pero mis hijos están de por medio. Necesito estirar un poco las piernas y le pido a mi hermana que se haga cargo un ratito. Sé que algunos me miran con cara de desconcierto pero no quiero pensar en este momento. El aire es fresco y me llena los pulmones. La gente corre apresurada en la calle sin considerar mi dolor. Claro, nadie excepto mis cercanos sabe de nuestra tragedia. Los del periódico vinieron pero les pedí que por respeto a su memoria no publicaran nada, ni siquiera un obituario. Me siento tan impotente de saber que quienes disponen de nuestras vidas lo hacen sin el sentido más elemental de la justicia. Nada les hubiera costado dejarlo con vida, liberarlo. Mi esposo era de ley y si les dio su palabra de no decir nada y continuar con su vida, pues así lo hubiera hecho, aunque se estuviera consumiendo por dentro. Quizá se le olvidaría en unos meses a base de puro trabajo. Se hubiera puesto a trabajar y a agarrar más contratos sólo para salir adelante. Pero decidieron matarlo como si fuera un enemigo.

EL VECINO

Y pensar que mucho tiempo lo envidié por tener mucho más dinero que yo. Me la pasaba preguntándome cómo fregados le hacía para tener siempre una idea buena y ponerla en práctica y que aparte esa idea se tradujera en dinero. Luego entendí que precisamente su secreto era que no había secreto. Si te levantas a la cuatro y media de la mañana todos los días y trabajas de sol a sol con convicción, puedes hacer cosas maravillosas. Yo lo entendí a tiempo y no me puedo quejar. Me ha ido bastante bien y ahora empiezo a disfrutar de una posición desahogada, lástima que ya no lo pueda compartir con él. Ahora mi temor es que me vaya a pasar algo parecido a lo que le pasó a él, porque ahora sucede que estos secuestradores ya no se van por los peces grandes. Muchas veces lo he pensado y hasta me ha provocado insomnio. Camino alrededor de mi cuarto mientras mi esposa duerme tranquila, ajena a las preocupaciones que no quiero externarle porque ella vive en un mundo diferente del mío. Sus fronteras están delimitadas de manera clara por las paredes de esta casa, donde es ama y señora, y cuyo contacto con el mundo exterior está limitado a su familia y unas pocas amigas de la iglesia.

Después de todo este tiempo en la funeraria me pregunto, ¿y qué si me hubiera pasado a mí? ¿Cómo lo hubiera tomado mi familia? El sólo hecho de conjeturar acerca de este posible escenario me causa escalofríos. La esposa del vecino es fuerte y sé de antemano que superará esta situación. En cambio mi esposa se moriría aquí mismo en la funeraria. Si vino un rato y casi se me desmaya. La tuve que enviar de regreso a la casa. Mi hijo le tuvo que dar algo para que se durmiera porque se puso muy mal. Ya es casi mediodía y es hora de llevarlo al responso. Yo voy a estar a un lado de mi vecina porque sé que me necesitará y aparte algo se puede ofrecer e imagino que los familiares no se quieren despegar ni un momento para darle el último adiós a este gran hombre.

He visto funerales donde se les ve cierto alivio a los familiares, especialmente cuando el difunto es una persona de edad avanzada y víctima de una enfermedad que lo tuvo postrado. Sé que de cierta manera no pueden mostrar felicidad por su muerte, pero en cambio sí pueden mostrar alivio, un gran alivio.

Este caso es diferente. El aire es muy pesado y se puede respirar el dolor y la frustración. Las caras de su familia son máscaras de un dolor vivo, penetrante. Mirar a los ojos a sus hijos me lastima, me hace sentir poco digno de su dolor. Han sacado su cadáver y lo meten en una de esas carrozas que ya son muy viejas, como si se les hubiera acabado el presupuesto muchos años antes. Mi vecino se hubiera reído si le dijeran que sería transportado en una carroza tan vieja. Yo me subo a mi carro y me doy cuenta que estoy solo. Nadie quiso acompañarme. Se me han acabado los cigarros y decido parar un momento a comprar unos en una de estas franquicias que parece que vienen en capsulitas. Pareciera que cada semana nace una en un lugar diferente. Afuera hay unos carros estacionados. Parece que son unos gringos porque son de modelo reciente y tienen placas de California. Los rodeo y entro. El dependiente me mira con los ojos muy abiertos y me hace una seña para que salga pero yo no le hago caso. Cuando me doy cuenta varios tipos me rodean y están armados. Uno de ellos me habla por mi nombre y me dice que no haga escándalo o que allí mismo me matan. El tiempo parece detenerse mientras me recitan de memoria el número de mi casa y me toman del brazo arrastrándome hacia una *Suburban* blanca.

Mientras, el cortejo fúnebre pasa a unos pocos metros con el cadáver de mi vecino y me imagino avanzando allí, en esa misma carroza, al tiempo que me dan un culatazo...

Agosto de 2008

III
DE CÓMO MIS HERMANOS SE CONVIRTIERON EN FANTASMAS

No soy experto en fenómenos paranormales. Es más, no creo que haya vida después de la muerte.

Lo que pasa es que siendo realista, los vivos son mucho más peligrosos que los muertos. Éstos ya descansan en paz y vuelven a ser polvo después de poco tiempo. Los gusanos hacen parte de la labor comiéndose cada tejido, y el tiempo lo demás. Con respecto a los vivos, éstos tienen los más variados caminos para convertirse en espectros o fantasmas, según quieran llamarles. En el caso de mi familia en particular, tenemos un par de ésos. El objetivo de este relato es explicarles el camino que lleva de ser un humano normal a un espectro o fantasma, claro, en vida.

Una historia como ésta no tiene mucha diferencia con las historias de las familias felices que creen que pueden criar hijos sanos que algún día crecerán, estudiarán una carrera u oficio, se casarán y regresarán a la casa de sus padres a compartir los domingos soleados encendiendo el fogón para asar la carne. Quizá ése sea el ideal.

Para mí podría ser, pero hay otros factores involucrados, o digamos, variables aleatorias, para darle un término más sutil. La vida guarda tan precario equilibrio en sus elementos que por lo regular la más mínima desviación puede costarnos el futuro o hacerlo tan intolerable como para no luchar por él.

Si lo piensan un poco se darán cuenta que tengo razón. Quizá una frase mal interpretada al ser regañado por aquel profesor que sólo quería que te esforzaras más, o aquel gesto de tu padre enfadado que entendiste que no te quería cerca de él, fueron los detonantes de tu conversión al *espectrismo*.

He decidido llamar espectrismo a esa transformación de la que hablaré más adelante.

Imagínate la palabra ¡inútil! en los labios de una ser cercano a ti, como puede ser tu padre, tu madre, tu tío o alguien con ascendencia sobre ti.

Esa simple palabra puede desencadenar las más absurdas emociones y afectar tu vida al grado de convertirte en fantasma. Sí, así es. ¡Fantasma!

Pertenezco a una familia de cinco hermanos. Mis dos hermanas mayores se casaron y se mudaron de la ciudad. Quedamos mis dos hermanos mayores y yo. El mayor siempre fue un deportista destacado, rudo entre los rudos a la hora de jugar fútbol. Extremadamente delgado y atlético, era el azote de las chicas del barrio. El otro tenía el físico de luchador olímpico. Una espalda más ancha que una pared y una risa franca y provocadora. Él no era popular entre las mujeres. Siempre me decía que no tenía la menor idea de cómo se iniciaba una conversación con ellas. Yo en aquel entonces era muy pequeño y vivía en un mundo lleno de diversiones y ajeno al de ellos que ya estaban bien entrados en la adolescencia.

Mis padres hablaban orgullosos de cómo sus hijos eran el ejemplo a seguir en un barrio donde la gente se tiraba a la perdición demasiado rápido. Aparte de atléticos formaban un excelente equipo a la hora de los pleitos con los renegados de las casas de interés social, que tenían su frontera a cuatro cuadras al Norte de nuestra casa, amplia y encementada por todos lados, con cuartos amplísimos y bien iluminados.

Claro, en contraste con las de los renegados que vivían apilados en lo que mis hermanos decían eran palomeras. ¿Quién iba a decir que con el tiempo los renegados y mis hermanos se harían indistinguibles aun para nosotros, su propia familia?

Yo presumía a mis vecinos la fortaleza combinada de mis hermanos que no se dejaban intimidar por nadie y que habían ganado cierto respeto por sus constantes peleas que tomaban como su deporte favorito.

Nuestro padre sólo reía cuando le iban a dar la queja. Claro, eran tiempos en los que podías pelear sin consecuencias serias. Después todo cambió. Una sola mirada era suficiente para que te dieran una cuchillada o un balazo. La inocencia del barrio se perdió y toda una serie de espectros la invadió.

Mi padre tenía un fondo de reserva por si alguno de mis hermanos se decidía y entraba a la universidad.

Quién le iba a decir que ese mismo dinero sería usado para sacar a mis hermanos de las mansiones de los espectros, tantas veces, que perdió la cuenta.

Hay momentos definitorios en nuestras vidas. Uno de ellos es cuando tienes relaciones sexuales por primera vez, o cuando fumas tu primer cigarrillo, o cuando te inicias en el mundo de las drogas. Estos momentos tienen serias consecuencias en tu futuro. Un embarazo no deseado puede truncar tu vida o hacer que tus posibilidades de triunfo se vean seriamente dañadas si sucede en un estadio muy temprano de tu vida. Si fumas quizá desarrolles cáncer de pulmón o mueras de un ataque al corazón antes de alcanzar los sesenta. En el caso de las drogas... te pueden convertir en espectro.

¿Qué cómo sé eso?

Para allá voy.

No quiero ser muy personal en este asunto. Sólo quiero mostrar mi punto de vista. He decidido cambiar los nombres de mis hermanos por puro orgullo. Es más, ni por orgullo. Sé que si ellos leyeran este relato no lo entenderían. Su cerebro está tan dañado que sería casi imposible descifrar las letras que contienen estas páginas.

A partir de este momento los llamaré X y Z. Es más, creo que si los llamara así sonreirían divertidos.

X es el mayor. Z es el que le sigue o el más cercano a mí. En realidad sólo me llevan 11 y 12 años. Antes de que se convirtieran en espectros me decían que era hijo de la menopausia, porque mi madre me tuvo después de los cuarenta.

No me tomaban muy en serio porque como ya les dije anteriormente, yo vivía en otro mundo. De hecho tengo sobrinos más grandes que yo. Cuando venían mis hermanas de visita nos peleábamos con bastante frecuencia.

Ellas le reclamaban a mi mamá porqué me tenía tan consentido, si así no había sido nunca con ninguno de los demás. Mi madre sonreía.

Les decía que con el tiempo entenderían. Bueno. Hablando de X y Z, el que primero se convirtió en espectro fue Z.

Se empezó a juntar con los renegados. Ese barrio es pura perdición. A los de menos de cuarenta y cinco años les dicen la generación perdida. El que no está muerto está en el bote y el que no está en el bote está loco.

Extraños caminos tiene la vida. Primero no se podían ni ver. Dicen que todo comenzó de manera fortuita. Que según Z fue un día al centro de la ciudad y que los renegados estaban siendo apaleados por unos sujetos a los que Z detestaba. Éste no lo pensó y sin más se metió a hacer un poco de ejercicio.

Según los enterados en esto de las peleas, puso fuera de combate a tres e hizo correr a los otros tres.

Los dos renegados se le quedaron mirando sin saber cómo reaccionar, mientras Z nomás se reía. Uno de ellos lo invitó a su barrio para que se echaran unas ballenas. Luego le dijo que conocía a unas viejas bien capeadoras. Conociendo la incapacidad legendaria de Z para hacerse con los favores de una mujer, decidió aceptar. Al parecer allí se inició en las cosas sexuales y también en las drogas.

A mi madre le extrañó que de repente empezara a faltar a la escuela. No es que fuera un alumno súper brillante pero al menos pasaba con calificaciones suficientes para mantener la relativa libertad con la que mi padre lo premiaba. Empezó a llegar tarde. Ahora veo a la mujer con la que dicen perdió la inocencia y me pregunto cómo fregados le hizo para entrarle a una persona tan fea. Bien dicen que la necesidad tiene cara de hereje. Siempre ha sido gorda, claro hay gorditas que están *resabrosas* pero ésta no lo era. Tenía bigotes y cuerpo de cono. Hombros anchos y mirada perturbadora. Yo no soy muy cristiano pero la miraba y me persignaba. Y luego decía ¡Qué bárbaro el Z! ¡Así andaría cuando se la echó!

Cuando mi padre se enteró lo regañó. Quizá allí podía haber hecho algo para sacarlo de las malas compañías pero como que le faltó dureza o se le hizo que, como todo, se le iba a pasar.

X y Z eran inseparables y de un día para otro no se juntaron más, al menos por un tiempo. X le daba carrilla y le decía que con una mujer como ésa ni aunque fuera la última sobre la faz de la tierra.

Z no contestaba. Después empezó a enflacar. Ésta es la primera fase en la transformación de humano a espectro. Se le hicieron grandes ojeras. Ya casi no comía. Le hablabas y no te hacía caso. Empezó a pasar las noches allá con sus amigos los renegados. Algunas veces peleaban pero al siguiente o dos días después, regresaba.

Del tipo gallardo y orgulloso no quedaba más que la sombra. Pero todavía no se convertía en espectro.

Quiero ser honesto con eso de las fechas. Cuando empecé este relato no tenía ni la más remota idea que iba a escribir tantas páginas, por lo cual ofrezco una disculpa de antemano si algo no cuadra como debería.

X de repente extrañó la compañía de su hermano y comenzó a su vez a visitar a los renegados. Ustedes imaginarán cuál fue el desenlace después de unas cuantas visitas. Ahora mi padre en vez de tener un problema, tenía dos. Quiso castigarlos pero se dio cuenta de que el asunto se le escapó de las manos sin notarlo.

Los amenazaba pero ellos le agradecían infinitamente el que los corriera, porque de todas maneras regresaban cuando mi padre no estaba y comían como posesos. Yo empezaba a darme cuenta que no andaban en buenos pasos a raíz de un incidente que tuvo lugar precisamente frente a mi casa. Llegó Z todo apurado buscando algo con qué defenderse y encontró un bat de aluminio que mi padre, que era fanático de los *Yankees* me regaló. Luego le gritó a X para que saliera. Yo salí detrás de ellos para ver como arremetían contra cuatro tipos que yo nunca había visto. Al parecer éstos les surtían la cochinada que se metían, y Z ya debía una lana que se rehusaba a pagar. Todavía tengo fresco en la memoria el charco de sangre que dejaron en la banqueta de la casa a causa de un batazo en la cabeza a uno de los querellantes. Me acuerdo que cayó sin siquiera quejarse y pensé que lo había matado. Mientras tanto, X mantenía una pelea cerrada con uno que le decían *El Cholo*. Me recordaron las peleas de perros dónde ni uno ni otro cede. Los otros tipos corrieron al ver a Z con el bat. X trataba de tirar al suelo a su oponente pero éste le atinaba cuanto golpe le tiraba. Los ojos de mi hermano se estaban cerrando y sangraba por la nariz y la boca. *El Cholo* estaba muy lastimado también pero sabía que si caía mi hermano se lo iba a fregar. La pelea llegó a su fin cuándo Z le atizó un batazo en el lomo que hizo que *El Cholo* se arqueara como gato y cayera retorciéndose del dolor. X todavía lo pateó en el suelo un par de ocasiones. Yo miraba todo con una mezcla de maravilla y susto pues nunca había visto un pleito de estas proporciones en mi corta vida. Volví a la realidad cuando me di cuenta que mi madre gritaba como loca justo a un lado de mí. Parecería que mientras duró la pelea yo tuve los oídos tapados. Cuando voltee a ver a mi madre, mis orejas tronaron ante sus gritos desesperados. Después, salió mi padre, quien dormía a esas horas debido al horario de su trabajo. La policía llegó de inmediato y se llevaron a mis hermanos, que sonreían esposados detrás de la patrulla como si hubieran hecho una travesura.

Recuerdo que al otro día era yo el tipo más orgulloso por la sangre fría de mis hermanos. En la escuela se corrió la noticia y fui el centro de atención, mientras contaba los detalles, deformándolos o exagerándolos un poco en beneficio de X y Z.

Cuando se es niño, uno imagina que los pleitos terminan así, con un vencedor declarado y los perdedores espantados y temerosos de topárselos. Creces y te das cuenta que por lo regular los perdedores buscan venganza, y venganza a la mala. El tipo del batazo sobrevivió de milagro y estuvo en el hospital casi un mes. Mi padre se gastó un dinero que tenía para comprar un terreno y consiguió que un juez amigo suyo, liberara a mis hermanos dos meses después de lo sucedido, untando manos por doquier. Si él hubiese siquiera sospechado que los tipos ya los estaban venadeando, mejor ni los saca. La suerte de Z fue que luego luego al salir se quiso robar a una niña como de trece años y que al parecer sí se acostó con ella, porque los policías llegaron de nuevo y lo encerraron, ahora sí, por una larga temporada.

X regresó irreconocible. En la cárcel se hizo algunos tatuajes que me presumía y fumaba como loco unos cigarros sin filtro, que decía que le raspaban rico la garganta. Volvió a las andadas.

En los barrios como el mío, los rumores pueden ser ciertos en contadas ocasiones, la mayoría de las veces terminan por ser sólo eso, rumores. El par de rumores que a mí me llegaron eran bastante descabellados. Uno decía que mi hermano se había quedado arriba, o básicamente que ya era un espectro. El otro era que *El Cholo* había vuelto para matar a X.

Yo me reí porque pensé que *El Cholo* debería de estar agradecido con mi hermano, pues no lo mató; pero como ya les había contado, en ese entonces no tenía edad como para entender que en los círculos que mis hermanos frecuentaban, el no pagar la droga que consumes te puede costar la vida. Mi hermano siendo ya un espectro, poco le importaba el que lo mataran, es más, le causaba risa.

Cuando lo balacearon llegó regando sangre por doquier y riéndose compulsivamente. Mi madre se desmayó y él no se murió de puritita suerte. Lo llevaron al hospital de volada y le taponaron la herida que le hicieron abajito de la panza. El otro balazo nomás le rozó el hombro. Cuando entré a visitarlo me recibió entre carcajadas y me empezó a citar pasajes de *La Biblia* que no tenían conexión. Que si Abraham era hermano de Moisés y Juan el bautista le ayudó a construir la barca a Noé. Allí me dí cuenta de que su transformación ya era completa. Su piel se había tornado blancuzca y sus ojos se apagaron. Cuando lo dieron de alta nos lo llevamos a la casa con la esperanza de que se alejara de las malas compañías pero ya estaba todo perdido. Empezó a llevar la vida que cualquier fantasma lleva. Desaparecía por periodos prolongados y en algunas ocasiones sólo se aparecía en la noche. A mí me daba la impresión de que ya no caminaba como los mortales, más bien parecía flotar cuando se acercaba a mí. Yo pensaba que quizá él había muerto sin que nos diéramos cuenta y era su espíritu el que seguía vagando; de no ser porque este espíritu comía como loco, o que esa droga que usaba le mató el alma, dejando sólo el cascarón que reaccionaba de manera automática a los impulsos. No sé. Yo sólo lo veía desaparecido en un torrente de estupideces de las que ya no era siquiera consciente.

Mi madre empezó a morir de a poco desde que mis hermanos empezaron con sus pendejadas. Su mirada perdió el brillo y ya nada la consolaba. Me sonreía triste pensando que yo era el próximo. Cosa curiosa, yo salí más deportista y estudioso de lo que mis padres jamás hubieran imaginado. No usé drogas porque nunca tuve tiempo libre. Me la pasaba encerrado haciendo tareas o con un régimen de entrenamientos que me dejaba tiempo sólo para dormir. Cuando me di cuenta ya era un adulto con opiniones formadas y sólidas.

Z salió del bote cuando yo ya era mayor de edad. Aquel tipo gordo y simpático era ahora un vejestorio cuando apenas tenía treinta años. Flaco en extremo y sin dientes, tenía pensado ponerse a trabajar y buscar una vida decente, pero la misma gorda con cuerpo de cono lo volvió a buscar en cuanto supo que salió. ¡Qué cosa!

Cuando Z la conoció, la mujer era mucho mayor que él. Ahora y después de la vida que había llevado parecía su papá.

Mi madre le permitió quedarse en casa siempre y cuando mantuviera ciertas reglas y no se drogara. Me dijo que en el bote la libró porque nadie se enteró de lo de la niña de trece años. Dijo que lo habían agarrado con un cargamento de drogas y ya nadie lo molestó.

La primera semana se la pasó platicando con X que nos llegó con la sorpresa de que se iba a casar. Consiguió trabajo en una maquiladora y se metió a una iglesia de esas de cristianos. Allí el pastor le encaramó a su hija que estaba más fea que la gorda con cuerpo de cono. No sé cómo le habrá hecho para que no se dieran cuenta de que estaba más loco que una cabra, porque el pastor vino a la casa y platicó con mis padres muy bien. Lo bueno vino cuando llegó la novia. Yo entendí todo de inmediato, porque aunque mi hermano ya estaba arriba seguía siendo bien parecido y cuando se vestía de manera decente daba el gatazo.

No me pude aguantar la risa cuando vi al par de tortolitos muy agarrados de la mano. La muchacha era de ese tipo de flacas cadavéricas, muy morena y con una dentadura de caballo, sus ojos era demasiado chicos para su cara y parecería que escurría baba cuando nos descuidábamos.

Dice el dicho que Dios los hace y ellos se juntan. Pobre mujer, estaba a punto de saber cuáles eran los misterios dolorosos del santo rosario.

Z estaba un poco menos espectral pero ya se le notaba el aire etéreo. De buenas a primeras agarró trabajo en la obra. Era bastante divertido mirarlo llegar atascado de cemento, pero yo intuía que su afán de componerse duraría poco, pues maldecía todo. Sus cambios de humor eran constantes y teníamos que dejarlo solo porque podía darnos un fregadazo a la menor provocación.

La cuerpo de cono lo visitaba y luego se lo llevaba. Mi madre no disimulaba que le caía mal y hacía un esfuerzo razonable por hacérselo notar cuando tenía oportunidad. Z se molestaba pero su conversión al espectrismo ya estaba avanzada.

X al contrario, vestía de manera normal y nadie podría decir que ya era un fantasma. La maquiladora era de no sé qué fregaderas electrónicas y le habían dado un puesto soldando unos componentes pequeñísimos a unas placas que parecían de plástico, y que él decía que eran de un material especial importado desde Japón.

Llegó, según él, con un folder lleno de papeles donde tenía que leer unas fórmulas que decían cuánto valía cada piecita pero el cerebro ya se le había freído. Su capacidad para la lógica se la llevó su amor por el *cristal*, lo que lo sumió en una profunda depresión.

Quizá allí se dio cuenta de que lo que le pasaba no era normal. No dio marcha atrás en sus intenciones de casarse con la flaca hija del pastor, pero en un arranque de lucidez justo a las puertas del templo ya se andaba rajando.

Z se puso sus mejores galas y lo abrazó convenciéndolo de que se fueran a dar una vuelta a la cuadra. Los invitados estaban consternados y la flaca estaba que se moría. Era su única posibilidad de conocer hombre y ya casi se le escapaba. Volvieron a los diez minutos muy sonrientes. X abrazó a la novia y entramos a la pequeña parroquia.

El pastor le habló muy bonito mientras X festejaba cada comentario con una risotada. El pastor no era tonto y decía:

—¡Gloria a Dios! ¡Gracias por regresar a esta oveja perdida! ¡Este muchacho refleja la alegría de estar en el templo de Dios!

Pues sí. Así hasta yo. Z le dio tremendo *churrote* que lo trajo con viada buen rato. Con decirles que en la fiesta quería bailar las apretaditas con la novia, pero estos señores cristianos pues nomás tocan música de alabanza y levantan las manos así en lo alto, mientras imaginan que ven al Creador.

La cuerpo de cono estaba irreconocible. Se puso un vestido súper elegante que envidiarían hasta las más grandes modelos. Mi única duda era si la piel del tigre era real, y si era real, ¿ella lo había matado? ¿Quizá se lo habría comido? ¡Quién sabe! Mi otra duda era, ¿el collar de perlas lo rentó? ¿Se lo prestaron para que lo modelara? Les juro que ese misterio me atormenta hasta ahora.

Bueno, por otra parte, para serles sincero, el día de la boda de X fue el único día en que vi felices a mis padres en muchos años. De cierta manera, esta boda era sólo el ojo de la tormenta. Después vendría lo bueno. Yo por mi parte, me dediqué a echar ojito a las hermanitas cristianas que estaban preciosas.

Al principio pensaba que si todas eran como mi cuñada, yo renunciaría a ser cristiano y optaría por el ateísmo. Pero, en plena iglesia y viendo a las asistentes, me di cuenta que allí había potencial. Todas vestían faldas largas y se sonrojaban cuando las miraba. Vestía yo un traje rentado al que mi madre había insistido que acompañara con un moño pero me negué. En esos instantes previos a la boda me preguntaba si estaba permitido que los fantasmas contrajeran nupcias.

Era como un tópico filosófico bien canijo. En esas estaba cuando Z llegó después de aventarse el enésimo altercado del día con la cuerpo de cono. Me dijo consternado que a su ruca señora novia o vieja se le hizo tan bonita la boda que ella también quería.

Yo no lo pude evitar y me reí hasta que me cansé. Mi hermano no me entendía, pero ya mi imaginación viajaba hacia una hipotética boda con ese mismito vestido atigrado, pero esta vez acompañado por el velo y la corona, claro, del mismo material.

Me recitó una sarta de incoherencias que pretendían ser insultos, mientras abría la boca mostrando las encías. Cuando los novios salían de la iglesia, las hermanitas se pusieron a los lados para arrojarles arroz.

Yo me situé detrás de la más bonita de todas y me hice el desentendido. X salió sonriendo bien emocionado pensando que se debería de casar más seguido, porque según después me confesó, todo estuvo bien *chilo*. Yo le dije que sí, y más si andaba bien *motorolo*.

Después de la boda se fueron de luna de miel a una playa que está como a una hora de camino. Allí empezó el calvario de mi nueva cuñada. Mi hermano ya no era de este mundo, por lo cual, su comportamiento no era precisamente el normal para el novio que va ganoso de estar con la novia. La pobre flaca iba haciéndose ilusiones de que por fin conocería a un verdadero hombre, pero X tenía otros planes.

El cristianismo desapareció cuando se echó la primera *piedra*. Dijo mi cuñada que se le hizo raro que lo primero que hizo al llegar al cuarto del hotelito fuera quitar el foco. Se metió al baño, y después salió transformado. La tomó por la fuerza y la lastimó provocándole un sangrado que casi la manda al hospital. Después de ese día la pobrecita pensó que era verdad que lo del sexo es pecaminoso porque dolía de los mil diablos. Ya bien arriba, X anduvo como loco toda la noche mientras mi cuñada lloraba y lloraba. No le confesó nada de lo sucedido a su familia hasta mucho tiempo después, cuando se había separado de mi hermano.

Y todo por culpa del churro que le dio Z afuera de la iglesia. X ya no probaba drogas pero el sólo hecho de casarse con una mujer tan fea como que lo animó. De allí se fue derechito al espectrismo ya sin tocar baranda. El segundo día de la luna de miel le dio a mi pobre cuñada una *madriza* de pronóstico y se perdió un día completo. Llegó todo lleno de sangre y raspado de la espalda. Como no había mucha feria, se regresaron al tercer día, rentaron un cuartito allí cerca de mi casa y según él, la vida volvería a la normalidad.

Pero todo esto era vana ilusión. A mi padre le diagnosticaron diabetes y se fue para abajo de volada. No era un jovencito pero tampoco estaba tan viejo como para chuparse como se chupó. Mis hermanos los fantasmas le daban buenas razones para morirse todos los días. Z se salió de trabajar y decidió convertirse en amante de lo ajeno. X imaginó que su esposa tenía al diablo y se esforzaba en sacárselo a patadas casi a diario.

Mi madre los corrió y les pidió que no volvieran por la casa pero era imposible. Un espectro siempre rondará el lugar de su fallecimiento, y ellos perdieron su vida allí, justamente en el barrio, por lo cual su destino estaba ligado de manera irremediable al nuestro.

La pobre cuñada llegaba bañada en sangre a la casa rogándole a mi madre que no le fuese a decir a mi papá para no preocuparlo, pero era imposible que no lo notara. El cuarto que ocupaban mis hermanos se convirtió en dispensario médico. Mi madre fue reuniendo todo tipo de medicinas para cuando mi cuñada masoquista llegara. Mi padre empezó a perder kilos con rapidez. Parecía un arbolito al cual ya no le echan agua. Se secó en un periodo aproximado de seis meses gracias a los corajes y a las preocupaciones. Los policías ya conocían a mis hermanos, con decirles que Z miraba a la perrera y se subía muy obediente. Salía a los días porque no había quién le presentara cargos. Sus latrocinios se circunscribían a un territorio de diez cuadras a la redonda. Le daba flojera ir a robar a colonias de caché. Tenía la desfachatez de robar inclusive a sus amigos con tal de comprarse la piedra suya de cada día. Uno de ellos le dio una golpiza porque le robó un *CD player* en una pestañeada. Se bajó a dejarle unas cosas a mi madre y en esos breves instantes Z se asomó al carro y le dio baje. Cuando su amigo salió, intuyó de manera inmediata lo que sucedió, por lo que no se fue. Esperó por espacio de media hora y luego llegó Z con esa sonrisa de extraña felicidad que da el uso de esa droga. Su amigo lo recibió con potente derechazo a la mandíbula que lo sentó mientras sus ojos se contraían en un estallido de éxtasis. No lo golpeó más porque salió mi padre y se puso malo.

Cuando eran adolescentes, su amigo era de esos retraídos que uno piensa que van a terminar mal, porque arrastran los vicios y las enfermedades de los padres, pero fue todo lo contrario. De todos los de la colonia fue el único que terminó la universidad. Mi padre tenía un dicho que rezaba más o menos así:

"Cuando hay padre no hay hijos y cuando hay hijos no hay padre."

El hubiera deseado que el tipo que ahora le daba en la madre a su hijo hubiese sido mi hermano y no ese remedo de humano ya convertido en fantasma.

El muchacho se disculpó subiéndose a su carro y desapareciendo para siempre. Al menos mi padre no lo volvería a ver mientras viviera.

Z se levantó como si nada y le pasó por un lado a mi padre que empezó a ponerse rojo como un tomate. El azúcar se le estaba bajando y necesitaba una inyección. Mi madre había ido a la tienda y era la única que sabía dónde se encontraba el medicamento. Para no hacer el cuento más largo, si no llevo a mi jefe al hospital, *chupa faros* en ese rato. Bueno, al menos prolongué su vida algunos meses.

A los pocos meses mi cuñada la masoquista decidió no aguantar más y abandonó a mi hermano. Dicen por allí que su padre se molestó con ella porque pensaba que el matrimonio era sagrado, pero ella decidió bien. La última golpiza le fracturó la mandíbula.

Aparte perdió un par de embarazos por los ataques de X. Decidió abandonar la ciudad y la religión. Se fue a vivir con unos parientes donde conoció a un tipo que estaba un poco pasado de peso, qué digo un poco, era de los tipos que tienen dificultad hasta para caminar y con él vive muy feliz hasta ahora.

Después de su abandono, X se tiró ahora sí a la perdición (como si ya no estuviera perdido) uniéndose a Z en los robos que después se convirtieron en asaltos a mano armada y que coincidieron con la recaída de mi padre que ya no abandonó la cama y dejó de inyectarse insulina. Primero fue la pierna izquierda y a los meses la derecha. Sintiendo ya muy cercana la muerte me pidió que lo sacara a tomar el sol en su silla de ruedas, a lo que accedí con gusto.

El broche de oro de mis hermanos fue cuando hicieron lo increíble. Mi madre los corría si los veía cerca de la casa pero no podía evitar que se saltaran la barda en la noche. Ni modo que les echara la patrulla a sus propios hijos. Siendo sincero, hubiera sido lo mejor. Lo que hicieron no tuvo madre y le costó la vida a mi papá. ¿Pueden ustedes imaginar a un pobre señor ya sin piernas y con ganas de ir al baño que tiene que arrastrase porque sus propios hijos le robaron la silla de ruedas? Mi madre dormía en la sala para cuidar que no le robaran los tanques de gas; evitaba dejar cualquier cosa susceptible de ser comercializada. Cuando entró al baño se horrorizó de ver a mi pobre padre llorando e intentando subirse al excusado. Se orinó en los pantalones y creo que decidió que ya no podía vivir más en esas condiciones. Le dio un ataque al corazón y ya no pudo ser salvado en el hospital general. A mi madre le bajó la presión al enterarse de la noticia y yo deseé por primera vez en mi vida matar a alguien.

Mis hermanos al enterarse de la muerte de mi padre, reaccionaron con una mezcla de desconcierto e indiferencia. Ya sus almas no pertenecían a este mundo. Yo que he sido deportista toda mi vida, llevé conmigo a mi madre para arreglar los asuntos de la funeraria y después fui a buscarlos como si nada. Los renegados me miraron con desconcierto pues llegué con el *bat* favorito de mi padre. Mis hermanos se sorprendieron y me preguntaron a quién andaba buscando para ayudarme, a lo que respondí con un batazo en la cabeza a X, quien cayó como fulminado por un rayo. No sé si lo maté, porque en ese momento Z intentaba correr. No sé qué cara traería que los renegados corrieron también pero hacia adentro de sus cuchitriles. El pobre de Z intentaba correr pero tantos años dedicados al cigarro y a todas las formas de droga lo tenían bien *bofeado*.

En las casas de los renegados hay unos callejones que terminan en unas bardas de cemento. No tengo idea de porqué escogió Z correr por allí si no había escapatoria. Yo estaba tan enojado que no recuerdo cuántos batazos le dí. Se hizo bolita y lloraba como un niño. No sé quién llamó a la policía, ni qué pasó con mis hermanos los fantasmas. Lo único que sé es que aquí en el bote se tiene mucho tiempo para reflexionar, y para hacer cartas describiendo situaciones como la que les acabo de contar. Ahora tengo la cabeza fría y puedo contarlo sin calentarme. Mis hermanas no alcanzaron a llegar para el entierro y me platican que mi pobre madre no tuvo hombro en el cual llorar a causa de mi estupidez. Y tienen razón. Se supone que yo soy el único cuerdo en la familia pero les fallé. De todas maneras creo que mi destino ya estaba escrito y que acabaría aquí. Sólo les pido que no me juzguen tan duro, cualquiera puede tener un arrebato de coraje y más si matan a su padre. Por este mismo medio le pido perdón a mi madre y le suplico que se dé una vuelta por acá. Que se acuerde que visitaba a mis hermanos.

Agosto 2008

IV

EL DESCANSO

Como escritor, me veo perseguido por las historias, más, mucho más de lo que intento buscarlas yo. Mi labor no es contar los hechos tal como sucedieron, sino tal como los recuerdo con sus respectivos despropósitos. La historia que les cuento a continuación tiene que ver con un tipo que conocí de pasada y con el que jamás crucé palabra. Me llamó siempre la atención su personalidad tan cargada, tan explosiva, aun antes de saber que se convertiría en personaje de uno de mis relatos, porque yo no tenía ni la más remota idea de que me dedicaría a escribir por esos años. El narrador de esta historia es su vecino, quien lo sufrió y con quien compartía una de esas relaciones de amistad-odio. Me fue muy difícil darle un carácter objetivo pues el tipo que me relataba la historia hablaba muy rápido y por momentos sus palabras parecía que se aglutinaban en su boca, pugnando por salir unas antes que otras. Quizá sería una especie de liberación de los demonios, porque después de las horas que platicamos, yo lo veía como si hubiera entrado en estado de gracia. Se sentía tan cómodo de saber que su amigo-enemigo-hermano no estaría para meterlo en problemas, que por momentos dudé que fuera totalmente inocente de su muerte. Después de todo, si alguien tenía motivos para matarlo con sus propias manos, era él.

Cuando me enteré de la muerte del personaje en cuestión, percibí que con él se acababa en cierta manera, una parte importante de la historia del barrio, del que fue su más conocido antihéroe.

Descanse en paz (si puede).

Noviembre del 98

escansó Rigoberto y descansamos todos. Ahora mismo traen el cuerpo del hospital general donde agonizó un par de semanas por una enfermedad gacha. Yo ni idea tenía de qué fregados era eso de la tuberculosis ni de cómo se contagió. Me cae que ni su madre está llorando, y no porque no lo quisiera, más bien digo que por fin se siente aliviada de que este bato ya haya entregado el cuerpo. Y yo no la culpo porque ese Rigo estaba cabrón. Yo no sé si se nace siendo malo o no, a mí me dicen que la maldad se aprende pero en el caso de mi camarada yo lo dudo.

Cuando me enteré que agonizaba, me puse a pensar en cómo le hace uno para morir de veintitrés años siendo un anciano, me cae. Todavía hace un año, cuando salió del centro de rehabilitación, con las mejillas rebosantes por comida que engorda, yo imaginaba que por fin se había hecho la luz para él, y que los cristianos que lo querían convencer serían factor para que cambiara de una vez y para siempre, pero dentro, en los recovecos más escondidos de su conciencia, su maldad luchaba por abrirse paso aunque se encontrase adormecida, y créame, créame que tengo bastante respeto por esos hermanos, los cristianos, porque aun y cuando intentó abusar de una de sus hijas, todavía tuvieron el coraje suficiente para llevarle el mensaje de que Dios tenía una misión para él en este mundo. Que él, ni así lo haya entendido pos no sé, la verdad no me lo explico.

Yo recuerdo que regresó al barrio muy orondo y hasta las manchas de la cara se le habían quitado con una crema que según le trajeron los cristianos del otro lado. Le regalaron un par de cambios de ropa y hasta un gel para el pelo. Venía el bato muy cambiado, según él. Que ahora sí se iba a poner las pilas para sacar a su madre adelante. ¿Qué loco, no? Si lo que su pobre madre quería era que hiciera una vida decente, sí, pero muy lejos de ella. La neta. El jefe murió arrepentido de no haberlo sabido educar y cansado de sacarlo del bote. Ya después, a los años, me dijeron que le pegó esa enfermedad y que esa enfermedad se lo llevó de volada.

Antes de eso, unos meses antes de que lo internaran por decimoquinta ocasión en la clínica de rehabilitación, la neta pos el bato se estaba secando. Yo no sé cómo le hacía, pero cada vez que cometía una fechoría y a pesar de que fumaba como loco, tú lo veías pasar corriendo como si fuera un deportista consumado, claro, como había mucho dónde esconderse la policía lo buscaba y lo buscaba y nunca lo encontraba. Y hasta suerte tenía. Había un bañito de esos de madera en una de las primeras casas que hicieron, allá al fondo y que estaba tapado así con unos árboles. El viejo dueño, no sé qué pensaría cuando construyó ese baño, porque le puso un cajón de madera que parecía tumba, y ahí cabías si encogías las patas. Este cabrón del Rigo allí era donde se escondía y yo sabía. Lo descubrí un día que se quedó dormido adentro. Cuando se murió el viejo, los hijos ya vivían al otro lado y nomás vinieron a vender todo y a cerrar la casa. El pobre del viejillo era cliente del Rigo porque siempre que podía se lo chingaba. Yo creo que fue por eso que se murió, por los corajes que le hacía pasar. Enrejó toda la casa para evitar que este cabrón se metiera por las ventanas que estaban a un lado de la barda. Estaba pesado para trapecista. Imagínate a un bato que te roba un montón de cosas y todavía se las lleva caminando por la barda. Tienes que estar bien cabrón. Dicen que salía el viejito a reclamarle cuando el Rigo se sentaba en el porche de la tienda, pero pues no le podía reclamar nada. Al pobre señor se le iba el aire y el Rigo se reía y se reía. Luego al otro día, y para joderlo nomás, se le metía en la casa y le robaba algo. Era tan cabrón que a veces le devolvía las cosas. Con decirte que se robó un álbum de fotografías y se las anduvo enseñando a las vecinas. Luego, como quien no quiere la cosa, se metía a la casa y le dejaba el álbum. Luego las vecinas describían con lujo de detalles las fotos que tenía el álbum. Pobre señor, por eso te digo que descansó. No sé de dónde sacaba tantas pendejadas. Él mismo decía que su vida era chingona, bueno, tan chingona que ya se acabó.

Antes de eso, antes de que se dedicara a atormentar al viejito, cuando todavía no le daba por los latrocinios blancos, por así decirlo, se desaparecía por días y volvía cargado de dinero. Lo malo era que se lo acababa de volada y se volvía a desaparecer. Según dicen las vecinas que conocen la vida y obra de muchas personas de aquí del barrio, el bato se iba a otra ciudad a asaltar camiones, enmascarado. Que se ponía bien cocodrilo y que se levantaba su buena feria. Yo no sé porqué le daba por los asaltos si ya se había pasado su buena temporada en el bote. El pedo era que cuando llegaba con feria le daba por humillar a la gente. Se sentía muy felón y se ponía a buscar pleito cuando le entraba a la loquera. A mí me madreaba a veces, pero yo también le di sus putizas. Luego se traía unas viejas del bajío y hacía unas fiestas, según él. Yo me colaba porque de vez en cuando una de las viejas me capeaba y pos no estaban de mal ver aunque no podían negar a qué se dedicaban. Su pobre madre mejor se iba con sus hijas, porque tenía miedo de que le hiciera algo cuando se drogaba. Sus hermanas le querían echar a la policía pero la doña decía que no. Que no lo quería perjudicar. Y de eso se aprovechaba. Era reabusivo. Iba por unos doces de caguamas a la subagencia y luego ponía música de los *Creedence*. Como que le gustaba mucho ese grupo, sobre todo una rola que se llamaba algo así como *rolin*. Yo no sé inglés y me acuerdo que según yo la cantaba y me aprendí un par de palabras como para no dejar. El Rigo se las sabía todas de memoria, ésas y las de los *Doors*. Las viejas que traía se quejaban de que no podían bailar esa música. Querían cumbias y norteñas y me mandaban a mí por casetes. Yo me le metía al cuarto a mi hermano y le sacaba algunos de los que coleccionaba. Él era muy serio y se enojaba si le tocaba sus cosas y más si sabía que los casetes iban a ir a parar a la casa del Rigo. Pero a mí me valía porque esperaba a que las viejas se empedaran para apañarlas. Hasta eso que el bato no era celoso y de vez en cuando nos dejaba que nos las cogiéramos, porque él nunca les hacía nada.

Antes de eso, antes de que le diera por asaltar camiones, el bato se la pasó encerrado un buen tiempo. No sé exactamente qué hizo, pero se tiró como tres años. Unos dicen que fue por violación o algo así. Yo la neta no sé, nunca le conocí ni novia ni querida ni nada. Lo que pasa es que carita carita no estaba. Estaba medio federico para no hacértela más cansada, y aparte nunca se lavó el hocico. Tenía los dientes de enfrente casi todos verdes. No sé qué chingados comería pero la boca le apestaba un guato, yo digo que le gustaban los guajes. Cuando estábamos morrillos íbamos y bajábamos los guajes y luego nos reíamos porque nos apestaba la boca, bueno, no nos apestaba así bien machín, nos apestaba a los frijolitos esos verdes que tienen los guajes. Total que el bato de repente se desapareció. Me cae que la colonia casi lo festeja con un carnaval. Cuando las vecinas que no son metiches se enteraron que el bato estaba guardado salieron a avisar a todo el mundo. Su pobre madre se agüitó pero también agarró la onda de que pos iba a estar mejor que todos descansaran del bato porque estaba pesado. Yo en ese entonces no lo podía ver ni en pintura porque se pasó de lanza conmigo. Me cae que si no me jala mi carnal el Marcelito, el que te dije de los casetes, este cabrón del Rigo me mata. Andaba bien pasado y de repente le daba por reclamarte algo que había sucedido muchos años atrás. Te decía, "¿sabes qué puto?, tú te pasabas de lanza conmigo", y pos como nosotros ya lo conocíamos nomás no le hacíamos caso pero no dejaba de estar chingando. Estábamos en una colinita, la que está después de arroyo, y me cae que nos la pasábamos a toda madre porque hacíamos una fogata y luego nos comprábamos unas ballenas y nos poníamos a cotorrear, tú sabes, normal, como cotorrea la raza, cuando llegó bien pacheco a hacerla de tos con todos los que estábamos allí.

Se sentó como si nada pero luego nos empezó a mirar a todos como bien encabronado. Si lo hubieras mirado te hubieras sacado de onda. Abría los ojos y luego quería hablar pero se le trababa la mandíbula, le hacía así como cuando a los pinches perros se les atora algo en el cogote. Yo me la empecé a curar y me cae que ni me la esperaba cuando el bato me saltó. Como ya estaba oscuro no me fijé que traía un fierro en la mano y me lo quiso encajar. Mi carnal sí lo miró y me jaló de la camiseta para un lado. Dicen los otros batos que estaban allí, que cuando mi carnal me jaló, el cuchillo me pasó rozando el cuello. Yo la neta no me acuerdo muy bien porque ya estaba medio pedo, y la neta ni la hice de tos porque los otros batos lo madrearon y le quitaron el cuchillo. Lo dejaron tirado y ya como el bato se había pasado de lanza pos nos fuimos de vuelta pa'l barrio. Ya cuando se me pasó la peda la neta sí me calenté. Se me hizo reculero que el bato me saltara y lo fui a buscar pero ya se lo habían llevado al bote.

Antes de eso, antes de que lo metieran al bote, al Rigo le dio por hacerse cholo. Antes se reía cuando los veía pasar bien tumbados y hasta les daba carrilla. Yo no sé ni cómo los empezó a cotorrear, pero eso es lo de menos, lo cura fue que de un día para otro el bato se empezó a vestir con pantalones dickies y camisas de franela. Ahora todos los cholos andan bien pelones y tatuados. En aquel entonces traían el cabello largo y se ponían una red para que el pelo se les hiciera para atrás. Se ponían sus camisetas blancas y la camisa de franela se la abotonaban nomás de arriba. Se ponían sus zapatos de charol y se salían según ellos a cantar barrio. Yo creo que por eso le gustó esa cura al Rigo, porque así se podía pelear en bola y aparte las morras le capeaban, las morras del barrio de los cholos. Me cae que era bien contreras este bato porque se hizo cholo de un barrio de los que están pegados allá al cerro, y pos para ir para allá a pie tenía que cruzar como otras tres colonias que estaban en medio y ya sabrás, casi siempre lo madreaban. El bato quería demostrar que era bien macho y que podía con cualquiera, pero siempre regresaba todo puteado. Y yo me la curaba bien machín. Yo creo que fue cuando se empezó a juntar con los cholos cuando le empezó a hacer a la mota. Le daba un chingo de hambre y comía como loco. Con decirte que iba a los tacos y pedía como diez o doce y luego se escapaba sin pagar. Hasta eso que era ligerito para correr y le valía madre. Los pobres taqueros lo querían alcanzar pero como te decía, este bato era como flash. Me cae que si se hubiera dedicado a algún deporte el bato la hubiera hecho en serio. Jugaba futbol bien, siempre clavaba gol en los partidos que hacíamos en el barrio y se dejaba caer unas jugadas bien perronas, para correr ni se diga, para trepar muros y bardas estaba pesado, es más, hasta para abrir una puerta de esas que según están bien seguras, el bato era una riata. Nomás que usaba su talento para puras pendejadas.

Antes de eso antes de que se hiciera cholo, el bato se la pasaba afuera de la secundaria nomás molestando a la raza. Hasta eso que sí terminó la primaria, a empujones y sombrerazos y como tú quieras pero la terminó. Cuando lo inscribieron me cae que los de la secundaria ni se imaginaban el alacrán que se estaban echando al hombro, no digo el alacrán, el costal de alacranes, ya sabrás.

Era una secundaria federal donde tenías que llevar uniforme caqui con todo y corbata. Le pidieron que se cortara el pelo pero no quería. Todavía estaba morro y su jefa le jalaba la cuerda todavía un poco, así que no le quedó más remedio que cortárselo, porque has de saber que cuando terminó la primaria el bato no quiso entrar luego luego a la secundaria. Se hizo pendejo dos años hasta que su mamá lo llevó casi arrastrando. Su jefe nunca le dijo nada. A mí se me hace que el pobre señor ya ni quería meterse con él. Ya sabía la clase de fichita que era. El viejo vivía en su mundo.

Creo que trabajaba en la empacadora de pescado. Te digo porque siempre llegaba bien apestoso y cansado. Como trabajaba en la tarde nunca lo veías y de eso se aprovechaba el Rigo para andar de vago. Yo estaba dos años arriba de él en la secundaria y me cae que desde que lo miré el primer día me di cuenta que no iba a durar. Lo primero que hizo fue tratar de quedar bien con una de las morras de segundo que ya tenía novio. Del bato me acuerdo porque cuando me fueron a inscribir a mí, él llego con su jefe muy de sombrero, con unas botas viejas y el pantalón brinca charcos. Se miraba bien seriecito con el jefe, pero me cae que no-más entró a la escuela y se hizo bien famoso. La morra a la que el Rigo le quería llegar era una güerita a la que este bato, espérate, deja que me acuerde como se lla-maba, bueno se llamaba algo así como Luis o José, no me acuerdo muy bien, era un nombre muy raro. Me acuerdo que según el Rigo le tiró un beso y la morra se enojó y le dijo que tenía novio pero al Rigo le valió madre. Luego le quiso levantar la falda y fueron y le avisaron al ranchero que tenía un apodo que te juro que no me acuerdo orita pero que fue y le cantó un tiro al Rigo para dárselo a la salida, y este bato pendejo que por lucirse va y le dice que simón que a la salida le iba a partir su madre y ya sabrás, que se corre la voz y allí vamos todos a ver el pleito. El Rigo me dijo que le cuidara los cuadernos, y yo muy obediente se los cuidé. Mejor me lo hubiera llevado porque se llevó la madriza de su vida. Se fueron para el arroyo. En ese entonces, hacía como dos años que había llovido bien machín y los del gobierno pusieron un puente sobre el arroyito y abajo echaron cemento. Para que no se hiciera muy grande el pedo se fueron para allá. Lo que el pobre Rigo no sabía era que el bato se la pasaba lazando vacas y cargando cosas pesadas. Estaba flaquillo pero bien correoso. Desde el primer madrazo, el Rigo sabía lo que le iba a pasar pero no se quiso rajar. El vaquero le dio como unos seis o siete madrazos bien plantados en el hocico y luego lo costaleó en el piso hasta que los separamos. N'ombre, el pobre Rigo estaba madreadísimo, y ni siquiera le alcanzó a dar de perdida uno para que no se fuera limpio. Duró como tres días sin ir a la escuela y todos se enteraron. Lástima que en ese entonces no se habían inventado las camaritas porque así lo hubiéramos grabado como hacen ahora los morros. Total que el bato se apareció la siguiente semana todavía bien madreado pero bien calladito. El vaquero ni sabía la que le esperaba. Lo estuvo cazando buen rato hasta que se descuidó. Le valió madre que fuera adentro de la escuela. Sacó un velocímetro y le dio como tres velocimetrazos. El pobre bato se revolcaba en el piso y le quedó la espalda y un brazo marcados. No le dio en la cara porque el bato se alcanzó a enconchar. Ya sabrás, que van y le avisan a la directora y que me lo expulsan de volada. Fue su mamá a rogar que le dieran una oportunidad pero cómo se la iban a dar si en la primera semana ya había causado varios problemas, porque la directora averiguó qué había pasado y prefirió cortar por lo sano. Me acuerdo que el vaquero que ya era famoso, se hizo más famoso después de esto. Luego el Rigo se la pasaba afuera de la secundaria queriendo chingarse al vaquero a la mala pero ya no se le hizo, porque se fue de la ciudad. Creo que su jefe se lo llevó al otro lado. Ya que no se pudo vengar del morro pues se dedicó a molestar a todo el que anduviera cerca de la secundaria.

Antes de eso, antes de que lo expulsaran de la secundaria, pos estábamos morros, tú sabes que en ese entonces, cuando estás morro, todo te vale madre y nomás piensas en jugar y comer y dormir, porque

pues no existía lo que hay ahora, los juegos electróni-
cos, el Internet, el cable, los canales con un chingo de
caricaturas. En el verano te podías levantar tarde. La
colonia de nosotros estaba al último y más para allá no
había más que monte. Nos íbamos a explorar y según
nosotros, preparábamos las provisiones para la aven-
tura. Este cabrón siempre se la ingeniaba para andar
haciendo desmadre. No tendría más de diez años y ya
andaba buscando bulla. A nosotros nos daba envidia
porque su jefe siempre le compraba todo, como era
el único hombre siempre andaba presumiendo lo que
tenía. Nosotros teníamos que hacernos nuestros papalotes con engrudo y periódico. A él le compraban de
esos papalotes americanos con figuras como de dra-
gones. Era tan maldito que nos decía que si jugábamos a las guerras de papalote y nosotros de pendejos
le decíamos que sí. Él le ponía navajas a los lados y
nos fregaba nuestras creaciones. Ya después nos di-
mos cuenta y nos lo fregamos. No había nada que nos
diera más gusto que fregarle su papalote americano.
El bato hacía unos berrinches de pronóstico y de allí
ya se veía que estaba medio saico. En aquellos años, el
jefe del Rigo estaba haciendo una feria porque parece
que vendían la mayoría de su producto a Japón. Yo
me acuerdo que hasta un carro bien raro se compró,
uno de esos que se llamaban barracuda. Con el tiempo, y con el declive de la compañía ese mismo carro se
quedó afuera de la casa del Rigo, juntando tierra. Ya
cuando este cabrón empezó a andar con sus babosa-
das, el carro le sirvió de dormitorio. Hasta eso que le
arregló bien la parte de atrás. Cuando a su jefe le iba
bien no salían de los restaurantes y le cumplía todos
los caprichos, yo digo que allí fue donde se empezó a
descomponer. Todos nos juntábamos para ver el único carro bueno de la colonia estacionado enfrente de

su casa. Cuando descansaba su jefe se lo llevaba a pasear. El Rigo tendría unos ocho años. Neta que era re mamila. Se salía muy felón a estar buscando pleito y nosotros, como estábamos un poco más grandes nos lo madreábamos y salía su mamá a hacerla de tos. Luego le iba con el chisme a su papá y la neta que el señor nos daba un montón de miedo. Como mi jefe era pescador y nunca estaba, pos estaba difícil que me defendiera, y cuando estaba en tierra mi madre no quería darle preocupaciones, por eso a veces nos dejábamos pegar por el Rigo. Luego su papá presumía con los amigos de que su hijo era bien bravo, que lo tenía que andar calmando para que no nos madreara. Todos en el barrio sabían que era bien abusivo pero se aguantaban por su papá. En la primaria era bien burro. Me acuerdo que se atoró en cuarto o quinto año, la neta no me acuerdo muy bien, de lo que me acuerdo era que fue el año en que le enseñaron los quebrados. Su jefa lo ponía a estudiar y estudiar pero al bato nomás no le entraban las matemáticas. Lo castigaban y hacía berrinche, tiraba las cosas o se subía al techo de su casa y decía que se iba a matar. Nosotros los del barrio nos la curábamos porque el bato era bien trucha. Allí mirábamos a la mamá rogándole para que se bajara mientras este cabrón le tiraba piedras a los que pasaban. Los vecinos ya estaban hasta la madre de él. Y eso que apenas tenía ocho.

Antes de eso, antes de que cumpliera ocho, nos sacábamos de onda porque el Rigo siempre andaba en la calle. Como mi jefa fue madre y padre de nosotros por lo que ya platiqué, pos nos traía a raya. Este cabrón del Rigo andaba en la calle desde tempranito en las vacaciones. Me cae que siempre olía a miados. Según lo que platican las vecinas que nunca se meten con nadie, la mamá de este bato les platicó que ya estaba

harta de que se hiciera en la cama todos los días, que
ya no hallaba qué hacer con él. Tú lo veías ya como a
las siete de la mañana todo mugroso de la camiseta y
agarrándose los pantalones caminando para la tienda.
Parece que sabía donde guardaba el dinero su mamá
porque en cuanto abrían la tienda compraba una coca
y unos pingüinos. Al principio, el viejo de la tiendita lo
regañaba y le decía que qué hacía tan temprano en la
tienda, y como era verano, pues ningún chamaco se
miraba antes de las diez de la mañana y este cabrón ya
andaba viendo qué hacía. Su mamá lo salía a buscar y
ya no lo encontraba. Y no creas que hacía un esfuerzo
sobrehumano para encontrarlo. Le echaba dos o tres
grititos y si no contestaba se devolvía y ya no le hacía
desayuno. Yo imagino que fue por eso que empezó a
hacer sus desmadres. Lo primero que yo supe fue que
se había robado una bicicleta. Sucede que era Navidad
y hacía un montón de frío, y como en el clima de aquí
siempre llueve para estos días, ya sabrás. Estaba llueve y llueve y la jefa no nos dejaba salir a jugar porque
luego nos daban unos gripones de poca. Afuera de mi
casa se hacía una laguna bien grande. Allí jugábamos
a hacer patitos con las piedras cuando se podía. Como
no nos dejaban salir nos poníamos en la ventana para
ver si alguien salía. Si se miraban dos o tres morros, le
llorábamos a mi mamá para que nos dejara salir pero
nunca quería. Me cae que nosotros éramos bien deli-
cados. Me acuerdo de eso porque si salíamos en esos
días mi mamá nos ponía como esquimales.

La neta no hacía tanto frío pero mi madre era pre-
visora. Si se descuidaba tantito nos daban tremen-
dos calenturones. Y a este cabrón del Rigo lo mirabas
afuera como si nada y en pura camisetita. El día que
se robó la bicicleta llovió como nunca, fíjate cómo
son las cosas. Este morro se levantó tempranito como

siempre a andar viendo qué hacía, y se le ocurrió irse a caminar. Según me cuentan se fue de aquí del barrio hasta casi el centro de la ciudad. Imagínate a un morro de seis o siete años a las seis de la mañana caminando en medio de un aguacero en pura camiseta y cubriéndose con un cartón. No sé qué clase de patada le daría, la cuestión fue que regresó como a las nueve y media o diez en una bicicleta nuevita y te digo que me acuerdo clarito porque este cabrón se metió con la bicicleta en el charcote que se hacía afuera de la casa. Me cae que lo mirábamos y no nos la creíamos. Se veía que el morro se la estaba pasando a toda madre. No traía ni calcetines y me cae que nunca se enfermaba. Era como los perros callejeros, tú sabes, no los cuidas y nunca se mueren, en cambio, a los perros finos los tienes que tener con todas las vacunas para que no les dé el parvo virus o el moquillo o no sé qué tantas enfermedades. Así estaba él. Yo le tuve un montón de envidia porque acababa de pasar Navidad y a mí nomás me había amanecido una pelota. A mi jefe le había ido mal en el viaje y no tuvo mucho para comprarnos, y en cambio a él le amaneció de todo. Me daba más coraje porque pensaba que la bicicleta la había sacado nomás para presumírnosla y ¡tómala! Que llega la policía. Sus jefes ni se habían levantado todavía y este cabrón ya andaba haciendo su desmadre. Sucede que se había ido a la parte trasera de una mueblería. Como siempre vendían bicicletas para Navidad, y luego las anunciaban por la tele, pos el Rigo ya sabía dónde las guardaban. Como estaba bien flaquillo se subió por la barda y no sé cómo le hizo pero pasó la bicicleta por arriba de la barda. Él me dijo una vez que fue pelada porque había unos tibores a un lado de la barda y que de allí se apoyó para sacarla. Para su mala suerte, uno de los empleados iba en camino cuando lo vio pasar muy fregón en la bicicleta con la etiqueta del precio todavía puesta. Lo siguió como no queriendo la cosa, porque hasta eso, como estaba lloviendo mucho, el Rigo se tomó su tiempo para regresar. Él pensaba que como era muy temprano nadie se iba a dar cuenta. Lo más gacho de todo fue cómo se portaron sus jefes. La neta hasta ahora no lo puedo creer. Si yo me hubiera robado una bicicleta, me cae que mi santa madre me hubiera despellejado vivo, y luego de haberme quitado el pellejo, me hubiera echado sal. Después de eso, me habría castigado como un año sin salir, sin contar que le hubiera dicho a mi papá y éste me hubiera dado otra madriza. Cuando lo agarró la policía, lo llevaron a su casa para presentarlo ante sus papás.

Como vivían casi enfrente de nosotros nos asomamos para ver porqué lo había agarrado la policía y vimos cómo alegaron por un buen rato. Luego, el jefe del Rigo se metió a la casa y salió con unos billetes. El policía se hizo loco y le dijo que pusiera la feria en la guantera de la patrulla. El empleado de la mueblería también se miraba que era transa porque se llevó su mochada. Luego, este cabrón del Rigo, agarró la bicicleta y siguió paseándose todo el día.

Antes de eso, antes de que se robara la bicicleta, pos la neta estaba bien morrillo. Tendría como unos cuatro años, me acuerdo porque fue de su boca de dónde escuché la primera grosería. Cuando estás así de morrillo no te dejan andar en las casas, lo más que te dejan hacer es jugar en la banqueta. Te sales con tus carritos a jugar y como nosotros éramos dos hermanos y nomás nos llevábamos un año, pos nos acomodábamos a jugar bien a gusto. De lo primero que me acuerdo del Rigo, es que hablaba bien chiqueado. Ya tenía cuatro años y no se le entendía lo que decía. Mi mamá me platica que todavía a esa edad le ponían pañal para dormir. La cuestión era que de repente empezó a cruzar la calle para jugar con nosotros. Como mi jefe era el único que había echado cemento en la banqueta pos se jugaba bien a todo dar. Como nosotros no teníamos malicia, pues le empezamos a prestar los juguetes, y tú no tienes idea de qué tan cabrón era el Rigo ya a esa edad. En aquellos entonces, no había los troquecitos tonka de plástico que hay ahora. Antes eran de puro fierro. Me cae que los hacían para que duraran, es más, me acuerdo que en la secundaria todavía los troquecitos andaban rodando en el patio. Lo único que se les acababa eran las ruedas porque eran de plástico, pero también aguantaban un carrillón. Nosotros teníamos dos, nos los compraron una vez que mi jefe tuvo un viaje bueno y ganó buena feria. De repente se perdió uno y apareció en la casa del Rigo. Se nos hizo raro que ya no volviera y nos enteramos porque primero nos castigaron por descuidados. Me acuerdo que mi madre nos dio un regañadón porque no cuidábamos nuestras cosas y nos castigó sin ver la media hora que pasaban de caricaturas al día, por toda una semana. Yo me acuerdo que lloraba porque ya no iba a ver a porky y ya no iba a cantar la de *Lástima que terminó, el festival de hoooooy*, me cae. Ya no es como ahora que tienen los morros un canal de puras caricaturas para todo el día. Si te levantas a las siete, ya hay caricaturas. Si regresas a mediodía de la escuela, ya hay caricaturas, si ya está oscuro, hay caricaturas, por eso, en aquel entonces, era tan importante para nosotros esa media hora que pasaban de caricaturas al día, así que ya sabrás como nos pusimos cuando nos enteramos que el pinche morro cagón de enfrente se había llevado el tonka de nosotros. Lo peor del caso fue que el cabrón se lo llevó de adentro de la casa, ni siquiera nos lo quitó en un descuido. Después nos enteramos que se metió como si nada y se llevó el troquecito y lo escondió. Mi madre siempre fue muy reservada y nunca se metía con las vecinas, pero me acuerdo que esa vez fue a hablar con la mamá del Rigo. Tengo bien presente que se enojó mucho porque ella vio con sus propios ojos al cabrón del Rigo jugando con el troquecito de nosotros en la sala, me dice que la mamá del Rigo estaba platicando con una de sus comadres y que para no hacer las cosas más grandes, la llamó a la puerta para pedirle de favor que le devolviera el juguete, pero la mamá del Rigo se puso grave y le gritó que su hijo no era ningún ratero y se hizo la ofendida diciendo que ese troquecito se lo había mandado traer su papá del otro lado, que más tarde le iba a llevar la factura para que no anduviera haciendo chismes. Mi mamá hasta lloró del coraje porque cuando la mamá del Rigo le cerró la puerta le dijo a su comadre que qué se había creído la vieja esta de enfrente, que se creía muy fina porque no se rozaba con nadie de la cuadra, que el niño se encontró el juguete en la calle y que ya era de él.

Me acuerdo que no nos dejó salir como dos días y al tercero nos salimos en un descuido de ella. Como estaba haciendo calor, nos pusimos a jugar a las carreras en la banqueta porque en la mañana daba pura sombra en nuestra casa. El cabrón del Rigo nos estaba espiando y se salió también, luego se cruzó la calle y nos empezó a decir una sarta de groserías, que fueron por cierto las primeras que escuché en mi vida, nos gritó:

putos, putos mueitos di amble, yo nomás le entendí puto y pos como no nos gustó que nos gritara, y como no teníamos nada de malicia, me acuerdo que nos fuimos para adentro y yo muy inocente le pregunté a mi madre que qué era puto.

Me acuerdo que mi mamá se puso pálida y me preguntó que dónde había escuchado esa palabra y yo le dije que el Rigo nos estaba gritando eso y mueitos di amble y que ahora estoy seguro que tales expresiones las había escuchado de su madre.

En fin, imagínate a un morro de cuatro años gritando groserías en la calle.

Antes de eso antes de que nos robara el troquecito y mi madre perdiera la amistad con la mamá del Rigo, ella me platicaba que cuando llegaron el Rigo y su familia al barrio, el bato estaba de brazos y todavía no caminaba. Que el jefe del Rigo acababa de terminar dos cuartitos de madera y que llegó con toda la family a quedarse. Como mi madre tampoco tenía mucho en el barrio se hicieron amigas. Me cuenta ella que cuando el Rigo empezó a caminar le dio por morder. Como su mamá no salía de mi casa, pos ya sabrás. Yo la neta no me acuerdo mucho de él porque yo también estaba bien morrillo. Me decía mi mamá que la desesperaba y que no hallaba cómo darle el cortón porque no la dejaba hacer quehacer. Aparte, las hermanas del Rigo eran bien desmadrosas y cochinas. Una de ellas también se miaba y dice mi mamá que una vez se quedó dormida en su cama y se le hizo allí. Que ella se acuerda que la mamá del Rigo la levantó y la mandó a su casa y que ni la regañó. Que después se sentó para seguir platicando como si nada mientras mi mamá bufaba del coraje. Mi hermano tenía tres años y yo dos y el Rigo estaba más o menos de mi edad. Mi madre me cuenta que cuando empezó a morder, sus primeras víctimas fuimos nosotros. Recuerda que a mi hermano lo mordió en una chichi, que casi se la arranca. Que a ella le dio mucho coraje y más porque la mamá del Rigo no le decía nada.

Que a mí me correteó hasta debajo de la mesa del

comedor y que le di un patadón en la boca y que se la reventé y que la mamá del Rigo se enojó mucho porque lo había pateado. Dice que se levantó y se llevó al chamaco muy indignada. Mi pobre hermano no durmió dos días por el mordidón, porque casi le arranca el pedazo. Mi madre lloraba del coraje pero no era de andar reclamando, yo creo que por eso la mamá del Rigo se aprovechaba. Total, al tiempo volvió a la casa como si nada hubiera pasado. Mi madre tenía corazón de melón y no le reclamaba nada pero el Rigo siempre andaba buscando cómo dañarnos, imagínate, un morro de esa edad que según no tiene malicia, queriendo golpearte todo el tiempo. Dicen que era el papá el que lo hacía mañoso. Que todo el tiempo le decía: Así mijo, así se muerde, y pos ya sabrás, si el propio padre te enseña la maldad pues no esperes crecer haciendo buenas cosas. Como era el único hombre y la mamá del Rigo ya tenía cuatro mujeres, este cabrón se convirtió en el centro de la atención. Como en la familia del papá del Rigo éste era el único nieto varón, creció bien consentido. El abuelo decía que le iba a heredar todas las propiedades que tenía, porque hasta eso que el viejito estaba bien acomodado.

Antes de eso, antes de que el Rigo naciera, no se tenía la tecnología para saber si iba a ser niño o niña, no existían los ultrasonidos, pues. Según cuentan las vecinas que nunca se meten con nadie, dicen que la mamá del Rigo se fue a leer las cartas con una vieja que adivinaba el futuro.

Que la vieja le dijo la neta, que era niño y que ese niño sólo vendría a traer sufrimiento, y que aparte moriría joven de algo terrible.

La mamá del Rigo nomás se rió y dijo que nunca creyó en lo que dijo la vieja, que lo que le importaba era el sexo del bebé, y que si era niño mejor, porque según cuentan, el papá del Rigo andaba alborotado con otra mujer y como ya tenía cuatro hijas, no se quería ir de este mundo sin tener un descendiente varón y que lo tendría con ella o sin ella. Que el bato la cuidó todo el embarazo como una reina, y que cuando el bebé nació el señor brincaba como loco y abrazaba a las enfermeras, pero que una de ellas le dijo que había un pequeño problema.

Dicen que al señor se le detuvo el corazón pensando que su hijo se iba a morir pero no era eso.

Que de salud estaba perfecto, pero que había nacido con un pequeño defecto.

Tenía un pene pequeñísimo y nunca tendría descendencia.

Printed in the USA
CPSIA information can be obtained
at www.ICGtesting.com
CBHW022345170924
14636CB00005B/135